たい焼《や》き総選挙《そうせんきょ》

新井けいこ・作
いちろう・絵

目次

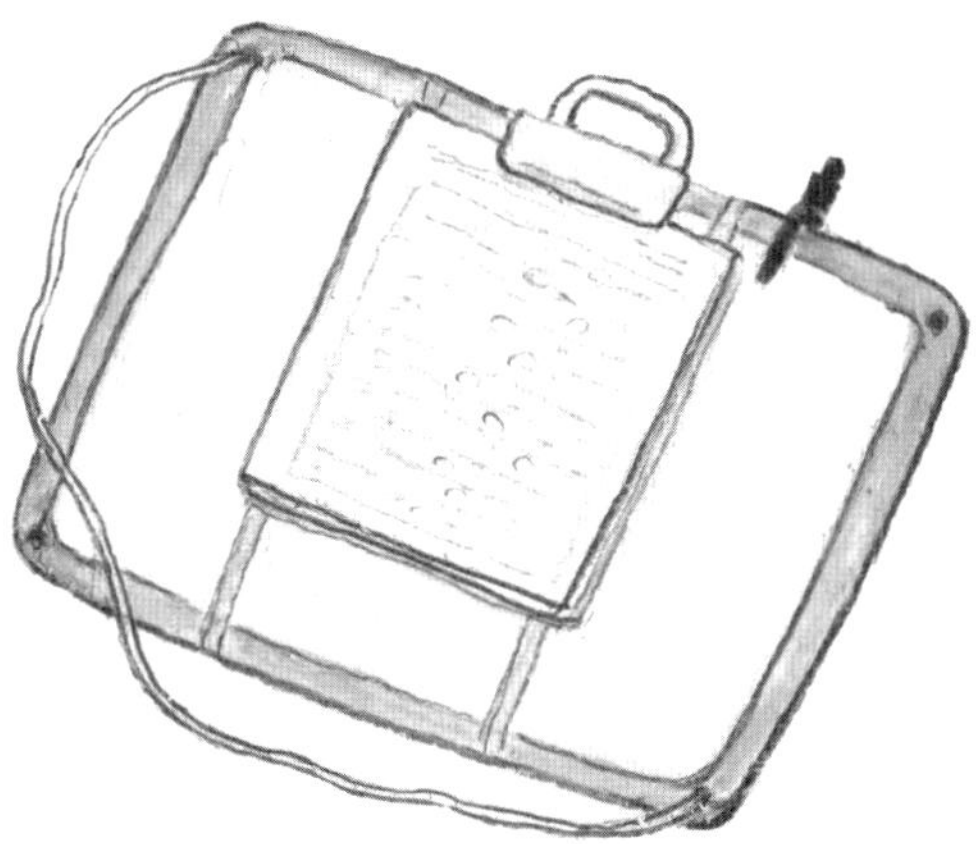

1　頭から食べるか、しっぽから食べるか

塾《じゅく》を出たところで、たい焼《や》きだ、とひらめいた。

今日はアイスより、だんぜんたい焼《や》きが食べたい。おなかの声も、「イエス」と言っている。

「光希《こうき》、涼《りょう》ちゃん、たい焼《や》きにしない？」

「おー、いいよ」

明るい声で答えるのは、サッカーで日焼《ひや》けした光希《こうき》。ほおには、そばかすがやんちゃな感《かん》じで飛《と》びはねていて、「そばかすがキュート」なんていう女子のファンもいる。

「うーん、たい焼《や》きって気分じゃないな」

なんでもすぐに話にノッてこない涼《りょう》ちゃんは、細い指《ゆび》で長めの前がみを

かきあげた。鼻《はな》すじの通ったすっきりとした顔立ちは、名前の通り涼《すず》しげでさわやかだ。

「まあでも、拓都《たくと》が食べたいって言うなら、つき合ってやるよ」

ちょっと目をつりあげて、おん着《き》せがましく言うのはいつものことで、結局《けっきょく》はさんせいしてくれる。

ぼくと光希《こうき》、涼《りょう》ちゃんは、杉菜《すぎな》小学校四年一組のクラスメイトで、同じ学習塾《がくしゅうじゅく》にも通っている。

塾《じゅく》は、杉菜駅《すぎなえき》近くの六階建《かいだ》てのビルの四階《かい》だ。

駅前《えきまえ》通りには、ぶんぼうぐ店や花屋《はなや》さん、大きなえび天の天丼屋《てんどんや》に、天津飯《てんしんはん》がおいしい来来軒《らいらいけん》などがつらなっている。昔《むかし》ながらの古い店もあれば、スマホショップやおしゃれなカフェもまじっている。

松丸堂《まつまるどう》は、杉菜商店街《すぎなしょうてんがい》の中ほどにある、たい焼《や》き屋《や》さんだ。

小さな小さな間口だ。ほかの町やスーパーに入っているチェーン店のたい焼《や》き屋《や》さんのように、松丸堂《まつまるどう》の店頭でも、たい焼《や》きを焼《や》いているのが見える。

店主《てんしゅ》は、グレーのかみの毛を、頭のてっぺんでくるくるっとおだんごにしたアユミさん。

うす茶色のT《ティー》シャツに、あずき色のエプロン。たい焼《や》きカラーのスタイルで、お客《きゃく》さんをむかえている。

「こんにちは」

ぼくたちが、ひょこんと顔をのぞかせると、アユミさんはリズミカルに、たい焼《や》きの生地《きじ》にへらであんこを落《お》としていた。

「あら、こんにちは」

あまいにおいや焼《や》いた生地《きじ》のこうばしいにおいを、鼻《はな》から吸《す》いあげた。

「たい焼《や》きください」

「はいはい、ありがとうね。塾《じゅく》の帰りだね？」

「はい、そうです」

「こんな暑《あつ》い日に、よく勉強《べんきょう》する気になるね」

アユミさんは、毎回感心《かんしん》したように言ってくれる。

「こんな雨の日に、よく勉強《べんきょう》する気になるね」

とか、

「こんな寒《さむ》い日に、よく勉強《べんきょう》する気になるね」

などのバージョンもある。

そんなふうに言われると、ぼくたちって、どんなときでもがんばっているんだなっておもえる。アユミさんなりの、はげましかたなのかもしれない。

店のおくからは、ポップな音楽が流《なが》れている。リズムに乗《の》って、頭や体をゆらしながらたい焼《や》きを作る、アユミさんはかっこいい。耳たぶに下がっている、たい焼《や》きのピアスもぴょんぴょんはねる。

アユミさんは流《なが》れるような手さばきで、たい焼《や》き器《き》に生地《きじ》を流《なが》しこみ、あんこを入れていく。何年もかけてつちかったような職人技《しょくにんわざ》は、ずっと見ていたくなるほどだ。

ふっくらと焼《や》きあがったたい焼《や》きは、こげ目がついて、おいしさをアピールしているみたいだ。


焼《や》かれてばかりいる毎日にいやけがさして、鉄板《てっぱん》の上から飛《と》び出し、海にもぐったたい焼《や》きの歌が、昔《むかし》大ヒットしたって話は、アユミさんから聞いた。たい焼《や》きが歌になるなんて、ちょっと信《しん》じられないけど、それだけ好《す》きな人も多いってことだろう。

今は六月なので、鉄板《てっぱん》の上で焼《や》かれた、たい焼《や》きは熱《あつ》そうだ。

ぼくはリュックの中からおさいふを出して、たい焼《や》き代《だい》の百六十円を、トレーの上に置《お》いた。光希《こうき》も涼《りょう》ちゃんもそれぞれ出した。

アユミさんは、ほどよく焼《や》けたたい焼《や》きを選《えら》ぶと、料理《りょうり》用の手ぶくろをした手でつかんで、しっぽを下にしてふくろに入れた。

「はいどうぞ」

受《う》け取《と》るしゅんかん、ぼくの気分はマックスになる。

「暑《あつ》いのに、たい焼《や》きを食べてくれるなんてありがたいね」

暑《あつ》くたってなんだって、たい焼《や》きはおいしい。

頭からぱくっとかじる。

ちょっと固《かた》めのパリッとした生地《きじ》と、やわらかいあんこが口の中に広がる。

「ああ、おいしい」

つい口に出る。

アユミさんは、うれしそうに目を細めてぼくを見る。

たいやき

「拓都《たくと》、アユミさんに気に入られてるよな」

「毎回、おいしそうに食べるからな」

光希《こうき》も涼《りょう》ちゃんもねこじたで、すぐに食いつけないのだ。

拓都《たくと》はパフォーマンスがうまい、なんて涼《りょう》ちゃんは言うけど、素直《すなお》な気《き》持《も》ちだ。

ぼくのたい焼《や》き愛《あい》が、菜央《なお》に伝《つた》わるといいなあとおもう。

そう、松丸堂《まつまるどう》のアユミさんは、ぼくたちと同じクラス、松丸菜央《まつまるなお》のおばあちゃんなのだ。

菜央《なお》にとってはおばあちゃん。

けれど、ぼくや光希《こうき》のおばあちゃんより年も若《わか》くて、見た目もおばあちゃんとはよべないくらい若々《わかわか》しいから、ぼくたちはアユミさんとよんでいる。

「そうそう、涼《りょう》くんのお兄ちゃん、東大行くんだって？」

アユミさんは涼《りょう》ちゃんに話しかけた。

松丸堂《まつまるどう》には常連《じょうれん》さんも多そうだから、アユミさんがたい焼《や》きにあんこを落《お》とすように、お客《きゃく》さんも町の情報《じょうほう》を落《お》としていくのだろう。

「さあ、どうかな？　お兄ちゃん、つめがあまいんで」

涼《りょう》ちゃんには、高校一年生のお兄ちゃんがいる。電車に乗《の》って、名門とよばれる高校に通っているのだ。

「そんなこと言って」

アユミさんは笑《わら》いながら続《つづ》けた。

「お兄ちゃんが東大に入ったら、たい焼《や》き百匹《ぴき》あげちゃうよ」

「うそっ」

「すごっ！」

ぼくと光希《こうき》は、おもわず声をあげた。

「拓都《たくと》くんと光希《こうき》くんにも、そんな日が来たら百匹《ぴき》サービスするよ」

「いやー、おれたちに東大なんて」

「無理無理無理無理無理《むりむりむりむりむり》……」

無理《むり》という言葉《ことば》を光希《こうき》は永遠《えいえん》に言いそうだ。たしかに、そのくらい無理《むり》かもしれない。

「まだ小学生がなに言ってんの。東大じゃなくても、めでたいことがあったら、百匹《ぴき》あげるからね」

「めでたいこと？」

「そう、たい焼《や》きの由来《ゆらい》はね、おめでたいことから来ているのよ。もともと、今川焼《いまがわや》きと言って丸い型《かた》で焼《や》いていたんだけど、なかなか売れなくて、型《かた》を変《か》えて、たいの姿《すがた》にしたらすごく売れたんだって。昔《むかし》は、魚のたいは高くてめったに食べられなかったから、たい焼《や》きがえんぎものとして人気が出たそうよ」

「めでたいことか……あるかな？」

「だよな」

首をかしげながら、光希《こうき》と見つめ合う。

「ぼくはじゃあ、東大に入ります」

涼《りょう》ちゃんはさらっと言ってのけた。涼《りょう》ちゃんならその言葉《ことば》もゆるされる。塾《じゅく》の先生たちの期待《きたい》の星だからだ。

「でも、百匹《ぴき》って本当ですか？」

涼《りょう》ちゃんは、あやしむようにアユミさんを見た。

「あら、本当よ。こないだも、そこのぶんぼうぐ店のむすめさんが結婚《けっこん》したから……」

「百匹《ぴき》あげたの？」

「マジっ？」

店先で、ぼくと光希《こうき》は前のめりになった。

結婚《けっこん》なら、いずれぼくたちにもチャンスがある……かもしれない。

「あげるって言ったんだけどね、そんなにいらないって」

アユミさんは笑《わら》いながら、焼《や》きあがったたい焼《や》きを、金あみの上に置《お》いた。保温《ほおん》の機能《きのう》がついているようだ。

「へー、もったいない」

「ぼくだったら絶対《ぜったい》もらうのに」

ぼくの頭の中には、たい焼《や》き百匹《ぴき》がドーンと押《お》しよせてきた。

松丸堂《まつまるどう》のたい焼《や》きの鉄板《てっぱん》は、一度《ど》に六匹焼《ぴきや》けるようになっている。

アユミさんに聞いた話では、たい焼《や》き屋《や》さんには、一匹《ぴき》ずつ焼《や》くたい焼《や》きの型《かた》と、松丸堂《まつまるどう》のように、一度《ど》に何匹《びき》かまとめて焼《や》ける型《かた》があるそうだ。一匹《ぴき》ずつしか焼《や》けない型《かた》のたい焼《や》きを天然《てんねん》ものとよび、まとめて焼《や》けるたい焼《や》きを、養殖《ようしょく》ものと言うそうだ。魚にたとえたダジャレらしい。

六匹《ぴき》×四レーンで、二十四匹《ひき》のたい焼《や》きができるから、五回くり返《かえ》せば、百匹以上焼《ぴきいじょうや》きあがることになる。

「では、たい焼《や》き百匹《ぴき》、楽しみにしています」

涼《りょう》ちゃんはにこっと笑《わら》って手をあげた。

お兄ちゃんが無理《むり》だったとしても、自分でつかみ取《と》るってことか。たのもしいな。

大体、お兄ちゃんのことをつめがあまいなんて言うけど、涼《りょう》ちゃんのちしきが豊《ゆた》かなのは、お兄ちゃんのおかげが大きい。ぼくもあんなお兄ちゃんがほしかった。

ぼくには一年生のちょっとうるさい妹がいる。なにかを教えてもらうこともないし、ゲームの対戦相手《たいせんあいて》にもならない。まったく役《やく》に立たない。たい焼《や》きを百匹《ぴき》もらえるかもしれない涼《りょう》ちゃんきょうだいは、人生でとくをすることが多そうだ。

——まだ小学生がなに言ってんの。

そうそう、アユミさんの言う通りだ。

いくら涼《りょう》ちゃんのことをうらやましがっても、涼《りょう》ちゃんにはなれない。

ぼくは、ぼくのとくいなもので、アユミさんに「めでたいっ！」って言ってもらわなければ。

それはなにか……。

ずっしりつまったあんこを見つめる。

「どうした、拓都《たくと》」

光希《こうき》に言われて顔をあげる。

商店街《しょうてんがい》をすぎて、三角公園まで来ていた。

「ああ、いや、なんでもない」

たい焼《や》きをほおばりながら、将来《しょうらい》の自分をそうぞうするのはむずかしい。

「そういえばさ、たい焼《や》きって頭から食べる？　しっぽから食べる？」

ふとおもいついて聞いてみた。

「おれは頭からぱくっといく」

しっぽだけになったたい焼《や》きを、光希《こうき》はひと口で食べた。

「松丸堂《まつまるどう》のは頭が上になってるからね。何匹《びき》かまとめて買うと、横《よこ》にならべてふくろに入れてくれるから、ぼくはしっぽから食べるよ」

「へー、涼《りょう》ちゃん、なんで？」

「いきなり、あまいのがどーんと来るのがいやなんだ」

「涼《りょう》ちゃんあまいのきらいだったの？　知らなかったよ」

「きらいってわけじゃないけど、ぼくはいっそ、なにも入ってないほうが好《す》きかもしれない」

「えー、中身《なかみ》が入ってないたい焼《や》きなんて、ちっともおいしくないよ」

「だよな。おれはあんこじゃなくて、チョコのほうがいいな」

「ぼくもマーブルチョコが入ってたら、うれしいな」

光希《こうき》に続《つづ》いてぼくも言った。

「マーブルチョコ？」

「たい焼《や》きの中身《なかみ》が？」

ふたりとも顔をしかめる。

たい焼《や》きのおなかから、マーブルチョコがざくざく出てきたらすごくうれしい。

「たい焼《や》きもマーブルチョコも、どっちもおいしいから、ふたつたしたらもっとおいしくなるはず」

「マーブルチョコって、カリッとした歯《は》ごたえがいいのに」

「そう、とけたらおいしくなさそうだよ」

「とけたっておいしいよ。今度《こんど》アユミさんにたのんでみようかな」

いや、絶対《ぜったい》おいしくない、やめたほうがいいと、ふたりが言いはる。

「なんで決《き》めつけるんだよ。やってみなくちゃわかんないのに。いいよ、アユミさんにお願《ねが》いするから」

ぼくは、食べ終《お》わったたたい焼《や》きの紙ぶくろをくしゃっと丸めて、ポケットにつっこんだ。

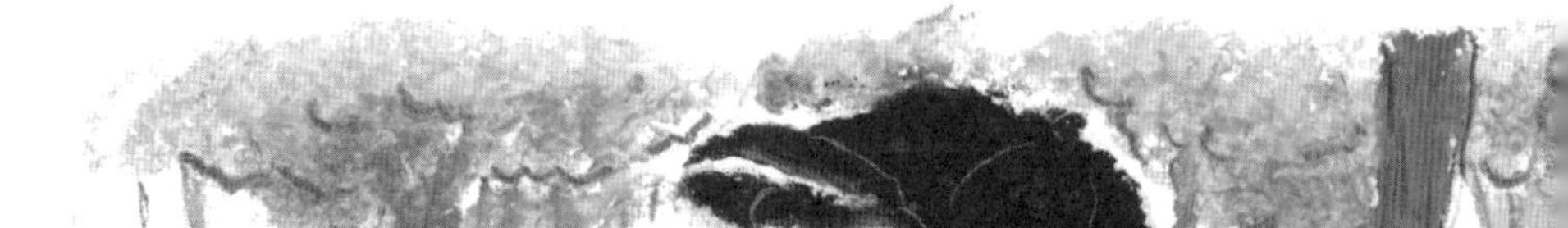

2　松《まつ》丸《まる》堂《どう》のピンチ

「おばあちゃんが、ぎっくりごしになっちゃって、しばらくお店をお休みすることになったの」

翌日《よくじつ》教室に入ると、女子が固《かた》まっている中から、松丸菜央《まつまるなお》の声が飛《と》び出した。

「うそっ」

ぼくは自分の机《つくえ》に向《む》かうとちゅうで、足が止まった。

「おばあちゃん大変《たいへん》だね」

「しばらくたい焼《や》き食べられないの？」

「ショック」

菜央《なお》をかこんだ女子たちも、ぼくと同じことをおもっているようだ。

「アユミさん、昨日《きのう》は元気だったのに」

まどぎわの自分の席《せき》に向《む》かい、教室の真《ま》ん中あたりにいる菜央《なお》に声をかけた。

「それが今朝、たい焼《や》きの粉《こな》を運《はこ》ぼうとしてかつぎあげたとき、ギクッて」

こしを曲《ま》げて手を当てる菜央《なお》は、ぎっくりごしのさいげんをしてみせた。

「そんなことで？」

「たい焼《や》き粉《こ》のふくろ、十キロあるんだって。そうじゃなくても、ぎっくりごしってくしゃみが出てもなるらしいよ。おばあちゃん、何度《ど》もやってるから、くせになってるのかも」

菜央《なお》のいつものぱっちりした目がくもっている。

「菜央《なお》のおばあちゃん、どのくらいで治《なお》るの？」

だれかが聞いた。

「そのときによっていろいろなんだけど、大体、一週間くらいで治《なお》るみたい。たい焼《や》き焼《や》くのは、立ちっぱなしできついから、お店はしばらく休むみたい」

「えーっ？」

ぼくはおもわず大声を出してしまった。

「そんなにおどろく？」

教室中にひびいたぼくの声に、みんなの視線《しせん》が集《あつ》まった。

たい焼《や》き屋《や》さんが休業《きゅうぎょう》したからって、たしかにそんなにおどろく話じゃないかもしれないけど……。

「いやだって、塾《じゅく》の帰りにちょいちょいよってるから、残念《ざんねん》だなって」

それに、次《つぎ》の塾《じゅく》の帰りに、マーブルチョコを入れてもらえないか、お願《ねが》いしようとおもっていたのだ。

「いや、でも、うちのおじいちゃんも松丸堂《まつまるどう》のたい焼《や》き大好《だいす》きだから、残《ざん》念《ねん》がるな」

「うちも、お母さんよく買ってくるから、がっかりしそう」

「おれのおやつがなくなる」

みんな、そんなに松丸堂《まつまるどう》をたよりにしていたのかとおどろいたが、お休みするとなると、急《きゅう》に食べたくなるのかもしれない。

ぼくのクラスだけでも、これだけファンがいるってことは、杉菜町《すぎなまち》の人にとっても、かなりのダメージになりそうだ。

「菜央《なお》のお母さんかお父さんは、手伝《てつだ》えないんだっけ？」

女子の中から声がした。

「うん、ふたりとも仕事《しごと》してるから無理《むり》なんだよね」

「そうだよね。おばあちゃん、いつもひとりでやってるもんね」

「アルバイトを募集《ぼしゅう》するとかは？」

「いい考え！　それがいい」

そうだそうだと、声があがる。

「無理《むり》みたいだよ、人件費《じんけんひ》がかかるから」

「人件費《じんけんひ》って？」

「働《はたら》いてもらったことで、支払《しはら》うお金だよ」

菜央《なお》より先に、涼《りょう》ちゃんが答えた。

「うちのお母さんもスーパーでパートしてて、パート代《だい》をもらってるよ」

何人かが、おれの母さんも働《はたら》いている、わたしのママもと言いだした。

「わたしのママはカフェで働《はたら》いてるよ。パート代《だい》は、五時間働《はたら》いて、五千六百円だって」

風香《ふうか》ちゃんのママは、カフェが似合《にあ》うおしゃれな人だ。

「おれんちは一時間、千三百円って言ってた」

「わたしのお母さんは、パート代《だい》が安《やす》いってもんく言ってる」

みんないろいろのようだ。

「たい焼《や》き一匹《ぴき》の原価《げんか》ってどのくらいなのかな？」

涼《りょう》ちゃんが菜央《なお》にたずねた。
「原価《げんか》って？」
「材料費《ざいりょうひ》のこと？」
みんなのしつもんに、菜央《なお》はせきばらいをして答えた。
「原価《げんか》っていうのは、小麦粉《こむぎこ》やあずきや、電気代《でんきだい》、ガス代《だい》に人件費《じんけんひ》などの、たい焼《や》きを作るのにかかった費用《ひよう》のことを言うのよ。小麦粉《こむぎこ》とあずきとさとうとふくろ代《だい》で、一匹《ぴき》六十円ほどだって、おばあちゃん言ってたよ」
涼《りょう》ちゃんが黒板《こくばん》に向《む》かいチョークを手に取《と》ったので、ぼくたちもまわりに集《あつ》まる。
たい焼《や》き代《だい》　一匹《ぴき》　160円
原価《げんか》　一匹《ぴき》　60円
利益《りえき》　160円　－　60円　＝　100円
みんなにわかりやすく計算式《けいさんしき》を書いてくれた。

「百円の利益《りえき》か」

「そう、涼《りょう》ちゃん。松丸堂《まつまるどう》では一日、百匹《ぴき》から百五十匹《ぴき》くらい売れるらしいから、百匹《ぴき》として……」

今度《こんど》は菜央《なお》がチョークを取《と》った。

100円 × 100匹《ぴき》 ＝ 10000円
「さっき、風香《ふうか》ちゃんのママが五時間働《はたら》いて五千六百円って言ってたから、松丸堂《まつまるどう》でその金額《きんがく》で人をやとったとすると……」

10000円 ― 5600円 ＝ 4400円
「それじゃあ、一日働《はたら》いているアユミさんは、四千四百円しかもらえないってこと？」

「パートさんより安《やす》いの？」

「それに電気代《でんきだい》やガス代《だい》なんかが入るから、もっと少なくなっちゃう。おばあちゃん、利益《りえき》の出ない商売《しょうばい》はないって言ってるけど、今でも少ないよ

焼き代一匹 160円
価 一匹 60円
160円 − 60円
100円×100匹 =

ね」

「アルバイトなんてやとえないってわけか」

なるほど、計算してみなければ、わからないことだった。

「だから菜央《なお》のおばあちゃんは、ひとりでやってるのね」

「それなら、菜央《なお》が手伝《てつだ》えばいいんじゃない？」

「そうだよ、学校が終《お》わってからだって手伝《てつだ》えるよな」

「そのくらいやってやれよ」

どういうわけか、菜央《なお》がせめられるかっこうになった。

「えー、わたし……土、日は手伝《てつだ》うこともあるけど、ふだんの日は、習《なら》い事《ごと》があるし……」

そうだ。菜央《なお》はスイミングスクールや書道や、ピアノなどいろいろやっているのだ。好《す》きなものがたくさんあって、なんでもはり切ってやっているのが、菜央《なお》のいいところだ。

「でもそっか、なにもない日は手伝《てつだ》おうかな」

なぜか菜央《なお》の目が、ぼくを見ている。もしかして……。

「ぼくも手伝《てつだ》おうか？」

「いいの？　拓都《たくと》くん」

ぼくの言葉《ことば》を待《ま》っていたようだ。

「うん、手伝《てつだ》うよ」

きっぱり答えたあと、光希《こうき》と涼《りょう》ちゃんを目力をこめて見る。

「なっ、手伝《てつだ》うだろ」

「えっ、おれたちも？　そりゃあやりたいけど」

光希《こうき》は前向《まえむ》きだ。

「いや、ぼくはいそがしい」

涼《りょう》ちゃんの反応《はんのう》はいつも通り。

だが待《ま》てよ……。

「面白《おもしろ》そうといえば面白《おもしろ》そうだ……」

涼《りょう》ちゃんの目がちょっとつりあがる。来るぞ。

「まあ、どうしてもって言うなら」

よっしゃー。

「よし、決《き》まり！　菜央《なお》、アユミさんに言っといてよ」

「うん、わかった」

菜央《なお》の顔が、ぱあっと晴れわたる。

「拓都《たくと》くん、いつもたい焼《や》きをぱくっとかじって、おいしいって言ってくれるからうれしいって、おばあちゃん言ってたよ」

アユミさんから菜央《なお》に伝《つた》わっていたようだ。

「松丸堂《まつまるどう》のたい焼《や》きは、本当においしいからね」

3 チーム松《まつ》丸《まる》堂《どう》

翌日《よくじつ》。

アユミさんに伝《つた》えてくれた菜央《なお》から、「おばあちゃん、お店を開《あ》けられるって、よろこんでたよ」という返事《へんじ》が聞けた。

「やったー」

光希《こうき》と涼《りょう》ちゃんと、バチンと手を合わせた。

授業《じゅぎょう》が終《お》わると、急《いそ》いで教室を飛《と》び出した。

アユミさんと菜央《なお》は、お店のじゅんびをして待《ま》っていると言うので、ぼくたちも急《いそ》いで向《む》かうことにする。

菜央《なお》に、エプロンを持《も》ってくるように言われた。

前に自治会《じちかい》で、バーベキューに参加《さんか》したときに使《つか》ったエプロンがあるはず。

引き出しやたなの上などをさがしていると、先に帰っていた妹の百花《ももか》が、

「いっしょにさがしてあげる」と言ってきた。

ほんの少しいやな予感《よかん》はしたものの、急《いそ》いでいる。妹の手だ。ねこの手よりはましだろう。けど、いやな予感的中《よかんてきちゅう》で、百花《ももか》はクローゼットの中に頭をつっこんで、衣服《いふく》やざっかをかき出していく。

「おい、散《ち》らかすな……」

「お兄ちゃん、あったよ」

にっと顔を出した百花《ももか》の手は、ぼくの青と白のボーダーのエプロンをつかんでいた。

そのしゅんかん、ぼくのいかりはすっとおさまった。

「すごい、よくわかったな。サンキュー」

上できじゃないか。ついでに調子《ちょうし》よく言った。

「えらいな百花《ももか》。助《たす》かったよ。じゃあ、あと片《かた》づけしといて」

足のふみ場もないぼくの部屋《へや》。

「やだよ」

百花《ももか》はアッカンベーをして、ぼくの部屋《へや》を出て行った。

さがしものはしてくれても、片《かた》づけがいやなのはぼくといっしょだ。

仕方《しかた》ない。ともかく今は、松丸堂《まつまるどう》に急《いそ》ぐ。

ふとおもい立って、信号《しんごう》をわたった先にあるコンビニで、マーブルチョコを買った。今日は無理《むり》でも、そのうちアユミさんに作ってもらえるかもしれない。

松丸堂《まつまるどう》までは、コンビニの角を曲《ま》がり、三角公園のわきを通って、十分ほどで着《つ》く。

「拓都《たくと》、おそいぞ」

光希《こうき》と涼《りょう》ちゃんは、もう店の中にいた。

「拓都《たくと》くん、入って、入って」

菜央《なお》が店の横《よこ》の通路《つうろ》から手まねきしている。赤いエプロンに、頭に三角《さんかく》巾《きん》をつけた菜央《なお》に、どきっとした。

店の中に入ると、あまいにおいが強くなった。

表《おもて》からでは、たい焼《や》きを焼《や》くスペースくらいしか見えないのに、おくには広いちゅうぼうがあった。大きな粉《こな》のふくろがでんと置《お》いてある。アユミさんは、あれを持《も》ちあげようとしてやられてしまったんだな。

「お店のお手伝《てつだ》いしてくれるんだって？　みんなありがとう」

いすにこしかけたアユミさんは、いつも通り元気そうだった。

ほっとしたものの、いすから立ちあがったアユミさんのこしは、『く』の字にくっきり曲《ま》がっていた。耳たぶのたい焼《や》きのピアスも、大人しくぶら下がっている。

「アユミさん、すわっててください。ぼくたちでやりますから」

「来てくれてありがとうね。ただ、お手《て》伝《つだ》いは菜央《なお》はいいんだけどね、拓都《たくと》くんたちに手伝《てつだ》ってもらうわけにはいかないのよ」

「どういうこと？」

「家族なら、小学生でも家のお手伝《てつだ》いってことで働《はたら》いてもいいんだけど、よその子に働《はたら》いてもらうのは、労働基準法《ろうどうきじゅんほう》というのがあって、いはんしてしまうことになるのよ」

「ええーっ」

「なにそれ」

初《はじ》めて聞く言葉《ことば》に、ぼくと光希《こうき》はのけ

ぞった。

涼《りょう》ちゃんは、あごに手を置《お》いて、「うーん」とうなった。

「労働基準法《ろうどうきじゅんほう》って、どこかで聞いたことあるな。小学生が働《はたら》くには、届《とど》け出が必要《ひつよう》だとか。あと、特定《とくてい》の仕事《しごと》ならいいとか」

「さすが、涼《りょう》くん、よく知ってるね」

アユミさんは感心《かんしん》したようにうなずいた。

「でもね、せっかく来てくれたんだから、たい焼《や》き焼《や》くのを見ていかない？」

「わたしがお手本を見せるから」

菜央《なお》は、てきぱきとぼくたちに、エプロンをつけて、手をあらうように言った。

光希《こうき》のエプロンは、サッカーチームのユニフォームのがらで、涼《りょう》ちゃんのはトランプの絵が散《ち》らばっている。手先の器用《きよう》な涼《りょう》ちゃんは、マジシャンみたいに、エプロンからトランプのカードを取《と》り出してくれそうだ。

順番《じゅんばん》に手をあらうと、菜央《なお》は調理台《ちょうりだい》の上に、大きなボウルを用意《ようい》して待《ま》っていた。

「あんこは、朝からおばあちゃんが作ってくれたから、わたしは、たい焼《や》きの生地《きじ》を作るよ」

ボウルの中にたっぷりのあんこが入っている。ぼくが手伝《てつだ》うなんて言ったせいで、アユミさんに無理《むり》させちゃったんじゃないかな。そうおもったら、

「いすにすわりながらやったから大丈夫《だいじょうぶ》よ。松丸堂《まつまるどう》のあんこは、さとうの量《りょう》や、水につけておくかげんもあって、わたしでないと作れないからね。たい焼《や》きを焼《や》くのは立ち仕事《しごと》だから、菜央《なお》が手伝《てつだ》ってくれなきゃできなかったわ」

アユミさんはからからと笑《わら》ったあと、ちょっと顔をゆがめてこしをさ

すった。笑《わら》うとひびくのかもしれない。

「ここにあるのは、さっき、おばあちゃんに見てもらいながらわたしが焼《や》いたの」

金あみの上には、できたてのたい焼《や》きが出番を待《ま》っているようだ。逃《に》げ出しちゃうやつはいなそうだけど、早くお客《きゃく》さんにとどけてあげたい。

「まずは、わたしがやるのをよく見ててね。たい焼《や》き粉《こ》に水を入れて、とろみがつくまでまぜます」

菜央《なお》は粉《こな》や水の分量《ぶんりょう》も、ぼくたちが来る前に、はかっていたようだ。粉《こな》の入ったボウルにお水を注《そそ》ぎ、なれた手つきで、あわだて器《き》をすばやく回す。

「よーくまぜるのよ」とか「ダマにならないようにね」などと、菜央《なお》はしゃかしゃかやりながら、料理《りょうり》の先生みたいな、かいせつも入れる。

「まざったら、これ、チャッキリね。この容器《ようき》の中に入れます」

持《も》ち手のついた容器《ようき》がチャッキリ。面白《おもしろ》い名前だなあ。ぎゃく三角形のような形で、レバーをにぎると、下のあなから生地《きじ》が出るしくみになっているようだ。たこ焼《や》き屋《や》さんでも、似《に》たようなものを見たことがある。

「鉄板《てっぱん》に火をつけるよ。こげやすいから弱火でね」

油《あぶら》をしいて、チャッキリから、ひょいひょいと鉄板《てっぱん》の上に生地《きじ》を流《なが》しこむ。

このあたりの手順《てじゅん》は、ふだんアユミさんが焼《や》いているのを見ているので、大体わかる。

菜央《なお》はちょっと鉄板《てっぱん》をかたむけて、落《お》とした生地《きじ》がしっぽまでいきわたるように流《なが》した。

「次《つぎ》にあんこを入れまーす」

「ああ、やりたいなあ」

見ているだけでは、がまんできない。

「だめっ。見てて」

先生はきびしい。

「あんこを、こうやってきれいにあんさしの中に入れていきます」

あんさしというのは、横《よこ》にふちがついた、たいらな鉄板《てっぱん》の容器《ようき》だ。びっしりとしきつめたあんこを、へらで切り分けて押《お》し出すように、たい焼《や》きのおなかに入れていく。

「便利《べんり》なものがあるんだね」

菜央《なお》はさくさくと手ぎわがいい。

「うまいなあ」

光希《こうき》は感心《かんしん》したように言い、涼《りょう》ちゃんはだまって見ている。

「菜央《なお》はときどき手伝《てつだ》ってくれるから、上手なのよ」

丸いすにこしかけたアユミさんは、そう言いながらも、さっきから心配《しんぱい》そうに首をのばしている。

「これが目打《めう》ち。見たことあるかな？」

うんうんとうなずく。先のとがった、たこ焼《や》きを引っくり返《かえ》すときに使《つか》うやつだ。

「これで生地《きじ》を持《も》ちあげておくと、くっつかないですむから」

菜央《なお》は生地《きじ》のふちに目打《めう》ちを入れて、たい焼《や》きを少し持《も》ちあげた。

「反対側《はんたいがわ》にも生地《きじ》を入れていきます」

いよいよ、片面《かためん》どうしを合体させる作業《さぎょう》になる。

ずれたり、くずれたりしないか、ちょっと不安《ふあん》だ。

鉄板《てっぱん》についているレバーを持《も》ちあげる、菜央《なお》の顔もしんけんだ。

ふたをするようにバタンと合わせると、みごとに一匹《ぴき》の、きれいなたい焼《や》きができあがった。

「おー」

みんな、おもわず手をたたく。

作りかたはいたってシンプル。それでいて、こんなにおいしいのができちゃうんだから、昔《むかし》も今も人気があるわけだ。

「たい焼《や》き、四匹《ひき》ください」

店先に女の人の顔がのぞく。

「はいっ、ありがとうございます」

菜央《なお》は、手ぎわよく四匹《ひき》のたい焼《や》きをふくろに入れると、さらにビニールぶくろにも入れた。

いつもアユミさんが、そうしているのだろう。

「ありがとうございました」

と頭を下げた。

「いいねえ」

アユミさんがにこにこしている。

「売《う》りものにしなければいいから、拓都《たくと》くんたち、今度《こんど》、そっちの鉄板《てっぱん》で

焼《や》いてみる？」

「やりたい、やりたい」

まさかそんなこと言ってもらえるとはおもわなかったから、三人ともノリノリだ。

「いいねー。いつもはひとりで焼《や》いてるから、みんなが来てくれて、にぎやかになってうれしいわ」

「そうだ。ぼくたち、五人のチームに名前つけようよ」

「チーム名ってこと？　サッカーみたいだな」

光希《こうき》が面白《おもしろ》そうに言う。

「そう、『チーム松丸堂《まつまるどう》』ってどう？」

「いいじゃん」

「シンプルだな」

「さんせー」

光希《こうき》、涼《りょう》ちゃんに続《つづ》いて、菜央《なお》が手をたたく。

「すばらしいわ！」

アユミさんの言葉《ことば》に、あみの上のたい焼《や》きが、ピチッとはねたような気がした。

4　食品《しょくひん》ロス

『チーム松丸堂《まつまるどう》スケジュール』

・金曜日　四時すぎから六時半まで（六時間授業《じゅぎょう》）
拓都《たくと》・光希《こうき》（涼《りょう》はスイミングスクールで休み）

・土曜日　午前中と午後ずっと
拓都《たくと》・光希《こうき》・涼《りょう》

・日曜日　午前中と午後ずっと
拓都《たくと》・涼《りょう》（光希《こうき》はサッカーで休み）

次《つぎ》の日の休み時間、とりあえず松丸堂《まつまるどう》に行くスケジュール表《ひょう》を作った。

働《はたら》くことはできないけど、アユミさんは、たい焼《や》きを焼《や》くのはいいと言ってくれたし、菜央《なお》のサポートもしてあげたい。

松丸堂《まつまるどう》の定休日《ていきゅうび》は火曜日らしい。

今日、木曜日は塾《じゅく》で行けないから、ぼくが行けるのは、明日の金曜日になる。

昼休みに、菜央《なお》にスケジュール表《ひょう》をわたすと、ふんふんとうなずいた。

「わたしは、金曜はスイミングがあるから無理《むり》かな。土、日はできるよ」

菜央《なお》は週三日ほど、習《なら》い事《ごと》があるそうだ。

「でもよかった。拓都《たくと》くんたちが手伝《てつだ》いに来てくれたおかげで、おばあちゃんも元気が出たみたい。今朝は、少し楽になったって言ってたよ」

「なら、よかった。ぼくたちが手伝《てつだ》うなんて言ったから、アユミさんに無《む》理《り》させちゃったんじゃないかなとおもったけど」

ぼくも同じことをおもっていた。いいこと言うなあ、涼《りょう》ちゃん。

「無理《むり》なんてことないよ。定休日《ていきゅうび》でもないのにお店を休むと、買いに来てくれたお客《きゃく》さんの信頼《しんらい》を裏切《うらぎ》ることになるし、利益《りえき》も出ないから、店はなるべく開《あ》けたいって言ってたよ」

信頼関係《しんらいかんけい》と利益《りえき》か。どっちも大切なんだろう。

「ねえ、こないだテレビで食品《しょくひん》ロスのことやってたけど、松丸堂《まつまるどう》でもあるの？」

近くにいた女子の中から、声がした。

「そうそう、わたしのママの働《はたら》いているカフェでも、あまったパンやサンドイッチはすてちゃうんだって。もったいないよねー」

ママがカフェで働《はたら》いている風香《ふうか》ちゃんは、ふだんからよく話を聞いているようだ。

食品《しょくひん》ロスの問題《もんだい》は、先生からも聞いたことがある。飲食店《いんしょくてん》や家庭《かてい》から出る、売れ残《のこ》りや食べ残《のこ》し、期限《きげん》切れの食品《しょくひん》をすてることを言うらしい。それがかなり問題《もんだい》になっているらしいと。

「なるべく作りすぎないようにしてるみたいだよ。でも売れ残《のこ》ったものはすてるみたい。けど、粉《こな》やあずきの賞味期限《しょうみきげん》って、けっこう長いから、そっちはちゃんと使《つか》い切れるみたい。生ものをあつかうお店のほうが大変《たいへん》かもね」

菜央《なお》がお店のことをよく知っていることに、おどろく。

お母さんが働《はたら》いていたり、家が商売《しょうばい》をやっていたりすると、そういうことにも関心《かんしん》があるのかもしれない。

「とにかく、ぼくたちはお客《きゃく》さんの信頼《しんらい》を裏切《うらぎ》らないように、アユミさんのサポートをしよう」

気合をこめて言った。

「よしっ、チーム松丸堂《まつまるどう》、がんばろうぜ」

光希《こうき》がこぶしをふりあげる。

「おー！」

このメンバーなら、きっとうまくいく。


金曜日の夕方。

「アユミさん、どうですか？」

「今日はね、ずいぶんよくなったのよ。拓都《たくと》くんたちのおかげよ」

まだいくらかこしは曲《ま》がっているものの、アユミさんは、いつものようにたい焼《や》きを焼《や》き始《はじ》めた。

ぼくたちに、せっかく菜央《なお》に習《なら》ったのだから、焼《や》いてごらんと言って、はしっこのたい焼《や》き器《き》を使《つか》わせてくれた。

アユミさんが焼《や》いているのを、見よう見まねで生地《きじ》を流《なが》しこむ。

菜央《なお》はかんたんそうに焼《や》いていたけど、いざやってみたら、むずかしくておどろいた。

チャッキリのレバーをにぎるタイミングが、おそすぎたり、早すぎたり。

「拓都《たくと》、多すぎるよ。あふれちゃってるじゃん」

「それじゃあ、少なすぎるよ、ああ、もうっ、だめだなあ……」

光希《こうき》がわめいてうるさい。

「じゃ、やってみろよ」

光希《こうき》にチャッキリをわたす。

「おい、はみ出しちゃってるよ。真《ま》ん中に入れるんだぞ。なにやってんだよ」

今度《こんど》はぼくの声がヒートアップした。

「うるさいなあ」

光希《こうき》が顔をしかめる。

どっちがやっても同じ結果《けっか》に。

あんこも同じ。菜央《なお》はさくさくと入れていたのに、やっぱり多かったり、

少なかったり、真《ま》ん中にうまく入れられなかったりで、生地《きじ》がこげてしまうくらい時間がかかった。

「菜央《なお》って天才だな」

ぼくたちの合言葉《あいことば》になった。

「拓都《たくと》くんたちが焼《や》いたたい焼《や》き、持《も》って帰ってね」

「えー、ほんと?」

「もちろんよ。食べてくれるなら、食品《しょくひん》ロスにもならないしね」

食品《しょくひん》ロスにはならなくても、商売《しょうばい》は利益《りえき》を出さないといけないと言っていたのに、タダでぼくたちがもらってもいいのだろうか。

それに、店の売りあげも気になる。

四時から店を開《あ》けて一時間半たった今でも、二十匹《ぴき》ほどしか売れていない。いつもこうなのか、今日は特《とく》に少ないのか。

「アユミさん、たい焼《や》きって、いつもどのくらい売れるの?」

「そうねえ、大体、百匹《ぴき》から百五十匹《ぴき》くらいかな」

この前、菜央《なお》もそう言っていたっけ。

「ずいぶん、はばがあるんだね。その日によってちがうってこと？」

「天気によっても売りあげは変《か》わるし、商店街《しょうてんがい》の人通りにもよるし」

商店街《しょうてんがい》の人通りが少ない　＝　松丸堂《まつまるどう》の売りあげも少ない、ってことか。

たしかに、今日は雨だから人通りも少ない。

「季節《きせつ》によっても変《か》わるよ。夏より冬のほうが売れるから」

――暑《あつ》いのに、たい焼《や》きを食べてくれるなんてありがたいね。

アユミさんがそう言っていたのをおもい出した。

「その日によって、お客《きゃく》さんの数がちがうとなると、どのくらい作っておけばいいんですか？」

「そこは長年のカンで、何曜日がすいているとか、この時間帯《じかんたい》は混《こ》んでいるとか、商店街《しょうてんがい》の人の流《なが》れを見ていると、少しは見当がつくのよ。商売《しょうばい》って、原材料《げんざいりょう》の仕入《しい》れがあったり、電気代《でんきだい》やガス代《だい》があったりいろいろな費用《ひよう》がかかるけど、それ以上《いじょう》に利益《りえき》を出さないといけないからね。ただやっぱり読めない部分《ぶぶん》も多くて、おもったほど売れなかったとか、予想外《よそうがい》に売れる日もあるのよ」

「むずかしいんですね。お店をやるって」

「それが商売《しょうばい》の楽しさでもあるのよ」

アユミさんの目がぴりっと光る。何年もたい焼《や》きを作ってきた商売人《しょうばいにん》の目のようだ。

丸い瞳《ひとみ》を見ておもい出した。マーブルチョコ。

「アユミさん。この生地《きじ》の残《のこ》りで、一匹《ぴき》だけマーブルチョコを入れてもいいですか？」

「マーブルチョコ？　面白《おもしろ》そうね」

アユミさんも乗《の》り気だ。

「拓都《たくと》、こないだ言ってたよな」

「そう。持《も》ってきたんだ」

アユミさんに、面白《おもしろ》そうと言われたので、ぼくはリュックから、入れっぱなしにしてあったチョコを取《と》り出した。

「どんな味《あじ》になるかな？」

「絶対《ぜったい》、おいしいよ」

残《のこ》った生地《きじ》を流《なが》しこみ、マーブルチョコをばらばらと入れると、カラフルできれいだった。

子どもにはウケるんじゃないかな。

できあがりのほくほくを割《わ》ってみると、熱《ねつ》で色が落《お》ち、生地《きじ》にそまっていた。

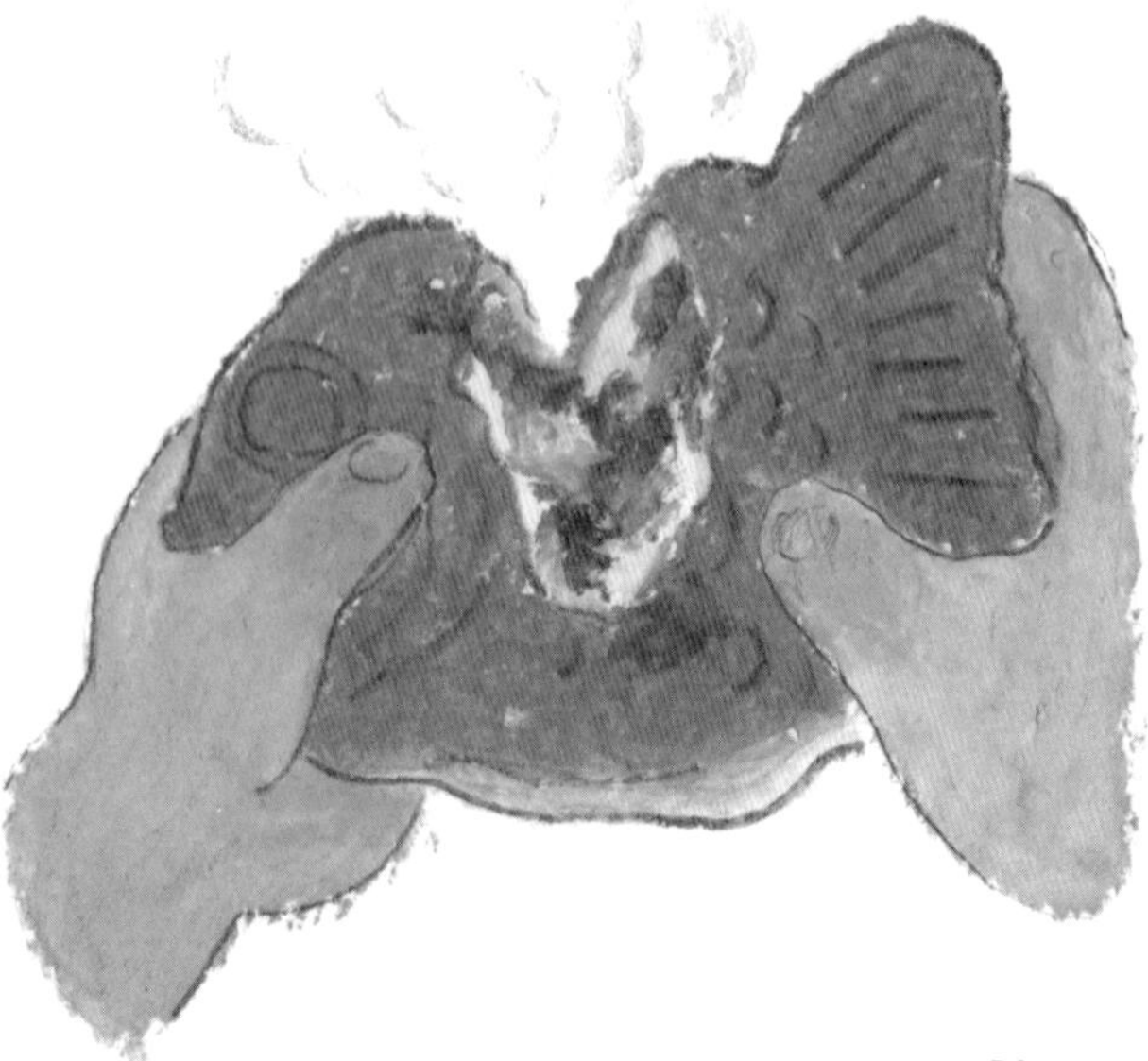

とりあえずかじってみる。

あまいチョコが口の中でどろっととける。

「あまっ」

光希《こうき》は無理《むり》って顔をした。あまいものが苦手《にがて》な涼《りょう》ちゃんだったら、気のどくなことになっていたかも。

アユミさんの顔もシブぃ。

「ほらな。やっぱりとけたじゃん。表面《ひょうめん》が固《かた》いからおいしいのに、熱《ねつ》でやわらかくなっちゃったから、マーブルチョコのおいしさがなくなった」

光希《こうき》の言う通り、ふにゃっとした歯《は》ごたえもよくない。

マーブルチョコは、マーブルチョコで食べたほうがおいしい。

おいしいもの ＋ おいしいもの ＝ おいしくならない
そんな残念《ざんねん》な結果《けっか》になってしまった。

アユミさんは、かべの時計を見て、

「そろそろ閉《し》めようか」

と立ちあがった。

六時を回っている。ふだんの閉店時間《へいてんじかん》は八時くらいらしいが、アユミさんのこしが治《なお》るまでは、六時半に閉《し》めることになった。片《かた》づけのじゅんびをしなければならない。

アユミさんは、調理器具《ちょうりきぐ》を入れた流《なが》し台の前で、ジャーッとじゃぐちをひねった。

「どうした、拓都《たくと》？」

さっきから、なんとなく引っかかっていた。

たい焼《や》きの値段《ねだん》のことだ。

デパートに入っているたい焼《や》き屋《や》さんは、一匹《ぴき》二百円以上《いじょう》するし、働《はたら》いている人も三人ほどいる。利益《りえき》のことを考えたら、もう少し、値段《ねだん》をあげてもいいんじゃないか。

「アユミさん、一匹《ぴき》百六十円って安《やす》くないですか？　デパートで売ってるのは、もっと高いですよ」

アユミさんは、にこっと笑《わら》って答えた。

「商品《しょうひん》って高すぎても売れないし、安《やす》すぎても利益《りえき》が出ないから、売る人にとっても、買う人にとっても、バランスのいい値段《ねだん》をつけてるのよ。うちは商店街《しょうてんがい》のたい焼《や》き屋《や》だから、杉菜町《すぎなまち》の人によろこんでもらいたいし、拓都《たくと》くんたちのような子どもたちでも、買いやすい値段《ねだん》にしたいのよ。それに、デパートのように、お店を借《か》りているわけじゃないから家賃《やちん》もかからないしね」

そうか、家賃《やちん》というのも大きいのかもしれない。

「そうそう、わたしが焼《や》いたのもあまっちゃったから、これも持《も》って帰ってくれる？」

アユミさんが焼《や》いた、きれいなたい焼《や》きだ。

「いいんですか？　これまでもらっちゃって」

「ふだんはすてちゃうから、拓都《たくと》くんたちが持《も》って帰ってくれると助《たす》かるのよ」

「菜央《なお》の家族《かぞく》は、あまったたい焼《や》きを食べないの？」

アユミさんはお店のすぐ裏《うら》に住《す》んでいて、菜央《なお》の家族《かぞく》は同じしき地のはなれに住《す》んでいる。すぐ近くだから、たい焼《や》きをとどけるのもわけはない。

「菜央《なお》たちも、昔《むかし》はよく食べてくれたのに、あきちゃったのか、ケーキやタルトがいいなんて言って、見向《みむ》きもしないのよ」

「ぼくだったら毎日食べてもいいのに」

「おれもだよ」

「菜央《なお》たちがあきるってことは……」

もしかして、あんこだけだからではないか。

「中身《なかみ》か……」

ぼそっとつぶやいて、顔をあげた。

「たい焼《や》きの種類《しゅるい》をふやしたらどうだろう。デパートのたい焼《や》き屋《や》さんは種類《しゅるい》が多いよね」

「デパートはお客《きゃく》さんが多いからね。うちではむずかしいのよ。昔《むかし》、カスタードをやったことがあったんだけど、あんまり売れなくてね。そうすると、材料《ざいりょう》の卵《たまご》や牛乳《ぎゅうにゅう》もあまらせることになっちゃうのよ」

「そうなると、また食品《しょくひん》ロスか……」

アユミさんは考えこんだぼくに言った。

「拓都《たくと》くんだったら、中身《なかみ》になにを入れたい？」

「ぼくは……」

「おれは、サッカーボールチョコ」

「それって、マーブルチョコと変《か》わらないじゃん」

光希《こうき》はちがうと言いはった。

たい焼《や》きの中身《なかみ》から出てきたらうれしいもの……。

ぼくが好《す》きなもの……。

「そうだ！　ぎょうざ！」

おいしいもの ＋ おいしいもの ＝ よりおいしいもの
ぎょうざならきっとそうなる。

「アユミさん、ぎょうざたい焼《や》きやってみましょうよ」

「おれは、反対《はんたい》」

光希《こうき》がすぐに言った。

「ぎょうざは好《す》きだけど、たい焼《や》きに入れるのは反対《はんたい》」

「なんでよ。松丸堂《まつまるどう》でやったら、めずらしくて売れるかもしれないじゃん」

「めずらしいから売れるってもんじゃないだろ」

おこったように光希《こうき》が反対《はんたい》する。

「やってみなきゃ　わかんないだろっ」

ぼくもムキになった。

「ぎょうざは絶対《ぜったい》、ぎょうざのままのほうがおいしい。売れ残《のこ》ったら、責《せき》任《にん》取《と》れるのかよ。商売《しょうばい》ってさ、ちゃんと利益《りえき》を出さないといけないんだぞ」

「なんだよ光希《こうき》、わかったようなこと言うなよ。それに、やる前から利益《りえき》が出ないって、決《き》めつけることもないだろ！」

「ここは拓都《たくと》の店じゃないんだぞっ」

おたがい、あと一歩でつかみかかりそうになったとき、うしろからふわっと、かたに手が乗《の》った。

光希《こうき》のかたにも、アユミさんの手が乗《の》っている。

「ふたりとも、お店のこと考えてくれてありがとう」

ぱんぱんにはりつめた、かたの力がふっとぬけた。

「ぎょうざたい焼《や》き、めずらしいからよろこんでもらえるかもしれないね。やってみようか」

「やった！」

さすが。アユミさんはチャレンジャーだ。よろこぶぼくのとなりで、光《こう》希《き》は口をとがらせて、そっぽを向《む》いた。

鉄板《てっぱん》をきれいにして、閉店《へいてん》のしたくをしている間も、ぼくたちはひとことも しゃべらなかった。

アユミさんにあいさつをして、店を出たところで光希《こうき》は言った。

「おれはやんないから。お前ひとりでやれ」

「いいよ、涼《りょう》ちゃんとやるから」

言い終《お》わらないうちに、光希《こうき》が走りだした。

ふん、なんだよ。

せっかく、アユミさんがさんせいしてくれたのに。

こうなったら、絶対《ぜったい》売りあげてみせる。

小島書店

5 ぎょうざたい焼《や》き

いつもの土曜日より早起《はやお》きをした。

居間《いま》に向《む》かうと、お母さんはぼくのコーンフレークに牛乳《ぎゅうにゅう》を入れてくれた。

早起《はやお》きの百花《ももか》はもう食べ終《お》わっていた。

「たい焼《や》き買いに行ってあげたいけど、まだたくさんあるからね」

昨日《きのう》ぼくが持《も》って帰ったた十四《ぴき》のたい焼《や》きを、お母さん、お父さん、百花《ももか》で一匹《ぴき》ずつ、ぼくは二匹《ひき》食べた。

百花《ももか》は、ぼくが焼《や》いた、たい焼《や》きをすぐに見ぬいて、「こっちがいい」とアユミさんのたい焼《や》きに手をのばした。お父さんとお母さんは、ぼくが焼《や》いたものを、「おいしい、おいしい」と言って食べてくれた。

残《のこ》りは冷凍庫《れいとうこ》に入れた。

「お兄ちゃん、今日はなにしに行くの？」

「アユミさんと菜央《なお》の応援《おうえん》だよ」

「わたしも行きたいなあ」

「だめだよ。遊《あそ》びじゃないんだから」

「松丸堂《まつまるどう》さんのめいわくにならないといいけど。お商売《しょうばい》なんだから、大変《たいへん》でしょ」

食器《しょっき》をあらいながら、お母さんが言った。

そりゃあ、二日、見ていただけでもわかる。お客《きゃく》さんの数も予想《よそう》できないし、利益《りえき》を出さなきゃならないんだから、むずかしい商売《しょうばい》だとおもう。

それなのに、アユミさんはいつも楽しそうにしている。たい焼き屋《やや》さんが、むずかしい顔をしていたらお客《きゃく》さんはよりつかない。アユミさんが親しみをこめてくれるから、ぼくたちも気軽《きがる》に立ちよれるのだ。

「行ってくるよ」

したくをして家を出る前に、お母さんと百花《ももか》に念《ねん》を押《お》す。

「ふたりとも見に来ないでよ」

お母さんは、「拓《たく》ちゃーん」って叫《さけ》びそうだし、百花《ももか》はアッカンベーとかしてきそうだ。菜央《なお》の手前、恥《は》ずかしいことはやめてほしい。

昨日《きのう》の夜、クラスの子、十三人ほどに電話して、ぎょうざたい焼《や》きについて意《い》見《けん》を聞いた。光希《こうき》があんなに反対《はんたい》していたので、ちょっと不安《ふあん》になったのだ。

「おっ、いいじゃん。食べたい」

「ぎょうざ大好《だいす》きだから、買いに行くね」

という意見《いけん》がほとんどで、自信《じしん》がついた。

売れることまちがいなし。

スーパーで、冷凍《れいとう》ぎょうざ十個《こ》入りを三パック買った。少なかったかな。四パックにしておけばよかったかもしれないと考えながら、松丸堂《まつまるどう》に向《む》かった。


アユミさんは、早くからじゅんびしていたらしく、もうあんこができあがっていた。

熱々《あつあつ》のあまいにおいに、ごくっとつばを飲《の》みこんだ。

「おはよー」

のびやかな声をあげるアユミさんのこしも、少しのびているようだ。

「もう、ほとんどいいのよ」

「よかったですね」

「でも、まだだめよ」

生地《きじ》を作っている菜央《なお》の声が、ぴしゃっと飛《と》んだ。

まだだめよって、なんのことだろうとおもったら、アユミさんがこっそり教えてくれた。

「音楽をかけたいのよ。楽しいから」

「ああ、そういえば……」

なにかたりない感《かん》じがしていたのは、音楽がかかっていないからだ。

「音楽をかけちゃうと、おばあちゃんノリノリになって、おどっちゃうからね」

アユミさんのまゆが、やれやれと下がった。

「よっ」

「涼《りょう》ちゃん」

光希《こうき》はまだ来ない。

「そうそう、拓都《たくと》くん、ぎょうざたい焼《や》き、作りたいんだって？」

菜央《なお》はアユミさんから聞いたようだ。

そのことで光希《こうき》とけんかしたことは、伝《つた》わっていなければいいけど。

「ぎょうざたい焼《や》き？」

ぎょっとした顔の涼《りょう》ちゃん。

「おいしそうじゃない？」

「いやー、おいしそうとはおもえない」

きっぱり言った涼《りょう》ちゃんは、かべの時計を見つめた。頭の中でぐるぐる考えているにちがいない。

「もしかしたら、少しはおいしいかも」

涼《りょう》ちゃんの目がつりあがった。

「だろう」

ぼくはにやりとして答えた。

菜央《なお》は、ぼくから冷凍《れいとう》ぎょうざを受《う》け取《と》ると、裏《うら》に書かれた作りかたを見て言った。

「ああ、かんたん。レンジであたためてくるね」

店のおくに持《も》って行き、少ししてお皿《さら》にのせてもどってきた。

ジュウジュウと肉汁《にくじゅう》がとけ出したぎょうざは、そのままつまみたくなるほどおいしそうだ。

菜央《なお》が焼《や》いた、ぎょうざたい焼《や》きをみんなで試食《ししょく》した。

「うまっ」

「うん、悪《わる》くない」

涼《りょう》ちゃんもうなずく。

「でもおばあちゃん、皮《かわ》はいらないかもね」

「たしかにね。ぎょうざの皮《かわ》とたい焼《や》きの皮《かわ》。ふたつは多いね。ぎょうざの中身《なかみ》だけ入れたほうが、すっきりするけど……」

「ぎょうざの中身《なかみ》を作るとなると、手間がかかるね」

ややくもった菜央《なお》とアユミさんの顔から、売りものにするのはむずかしそうなけはいが伝《つた》わる。

「まあ、とりあえず今日はこれでやってみましょう！」

アユミさんが力強く言ってくれた。

「やった！」

「売れるといいな」

はしゃぐぼくの横《よこ》で、涼《りょう》ちゃんの冷静《れいせい》な声がした。

お客《きゃく》さんが来たら、ぎょうざたい焼《や》きの宣伝《せんでん》をすることと、画用紙に「限定販売《げんていはんばい》！　ぎょうざたい焼《や》き」と書いて外のかべにもはることにした。

ぼくと涼《りょう》ちゃんとで、ポスターを作った。

「そういえば、光希《こうき》おそいな」

涼《りょう》ちゃんは今ごろ気づいたようだ。

「今朝、電話があったよ。何か用事《ようじ》ができたって」

あいつ、菜央《なお》には電話したのか。

「そうなんだ」

用事《ようじ》の理由《りゆう》は、菜央《なお》も涼《りょう》ちゃんも知らないようだ。アユミさんも知らんぷりしてくれている。

アユミさんはあんこを、菜央《なお》はぎょうざを担当《たんとう》した。

「菜央《なお》、えんりょしてるの？」

もっとじゃんじゃん、ぎょうざたい焼《や》きを作ってほしいのに、菜央《なお》はアユミさんが焼《や》くのを見ながら、ゆっくりやっている。

「えんりょじゃないよ。売れ行きがわからないから、様子《ようす》を見てるのよ」

すごいなあ。

「でもさ、作ったら売れるかもよ」

「だめよ。あんこがメインなんだから」

もっともなことを言われて、しゅんとする。

お客《きゃく》さんが店の前で立ち止まった。

「いらっしゃいませ」

お父さんと幼稚園児《ようちえんじ》くらいの親子だ。

「たい焼《や》き五匹《ひき》ください」

お父さんがそう言うと、

「ぼく、あれがいい」

子どもが、ぎょうざたい焼《や》きを指《ゆび》さしている。

「ぎょうざたい焼《や》き？」

お父さんのほうは、店の外にはってある画用紙を見て言った。

「はい。もう、できあがってます。おいしいですよ！」

ぼくはいきおいよく言った。

「じゃあ、あんこを三匹《びき》と、ぎょうざを二匹《ひき》にして」

やった！

「ありがとうございますっ」

売れた、売れた。

「ありがとうございました」

ぼくは、もう一度《ど》大きな声を出した。

「いきなり売れたね」

「よかったね」

菜央《なお》もアユミさんもよろこんでくれた。

「この調子《ちょうし》でいくといいな」

「うん、この調子《ちょうし》、この調子《ちょうし》」

昨日《きのう》、電話したクラスの子も、さそい合わせて買いに来てくれた。

「まずかったらぶっとばす」

なんて言われてビビったけど、その場で食べて、「おいしい！」と言ってくれた。

家に持《も》って帰ると言って、何匹《びき》か買ってくれる子もいた。

いきおいに乗《の》ったものの、その先は、あんこばかり売れる結果《けっか》となった。

「ぎょうざたい焼《や》きあります。おいしいですよ！」

がんばって声をかけても、

「ぎょうざはそのまま食べたいなあ」

「おいしいのかな？」

「やっぱり、あんこがいいわ」

という返事《へんじ》。お年よりや常連《じょうれん》さんは、なかなか手ごわい。

6　ライバル店

お昼ご飯《はん》は、お店の裏《うら》のはなれにある、菜央《なお》の家で用意《ようい》してくれるという。

アユミさんは、ぼくと涼《りょう》ちゃんに先に休けいをすすめてくれた。そのあと菜央《なお》はひとりで休んで、アユミさんはお客《きゃく》さんの混《こ》み具合《ぐあい》で、息《いき》ぬきするそうだ。

テーブルに、サラダと麦茶が置《お》いてあった。

「おつかれさま」

今日は仕事《しごと》がお休みという菜央《なお》のお母さんが、スパゲティを出してくれた。ケチャップがおいしそうなナポリタンだ。

応援《おうえん》に来ただけなのに、何だか悪《わる》い。

菜央《なお》のお母さんは会社で働《はたら》いているらしく、真面目《まじめ》できちんとしていて、商売《しょうばい》をしているアユミさんとちがって無口《むくち》な感《かん》じだ。

「おいしい」

たい焼《や》きと同じで、ぼくはひと口食べてすぐに言った。

「うん、おいしい」

涼《りょう》ちゃんも、もぐもぐしたまま答えた。

ひと口食べてすぐに感想《かんそう》を言うなんて、テレビの食リポにえいきょうされている気がして、ちょっと照《て》れくさくなった。

「よかったわ」

菜央《なお》のお母さんは店の手伝《てつだ》いのお礼《れい》を言うと、ぼくたちに気をつかってか、居間《いま》から出て行った。

「そうだ、スパゲティを入れてもおいしいかも」

「スパゲティはないな」

「いや、いけるかもよ。やってみなくちゃわかんないよ」

「出た。拓都《たくと》の口ぐせ、やってみなくちゃわかんない」

麦茶をごくごく飲《の》む涼《りょう》ちゃんからは、いつものようにさんせいしてくれるけはいはない。

「この調子《ちょうし》だと、ぎょうざも売れるかわかんないぞ。なんでもやっていいもんじゃない」

きびしい口調《くちょう》でコップをトンと置《お》いた。

「大体、おもいつきで店で売るなんて、むぼうだよ」

むぼうってなんだよ。むずかしい言葉《ことば》を使《つか》うなあ。

「先のことも考えずに行動《こうどう》することだよ」

ぼくがきょとんとしていたせいか、教えてくれた。

「ぼくだって、松丸堂《まつまるどう》の売りあげを考えてるよ。アユミさんだって、利益《りえき》が出たほうがいいに決《き》まってるだろうし、種類《しゅるい》をふやすことで、利益《りえき》をあげられるかもしれないだろ」

「だったら、きちんと計画を立てて、じゅんびしてからやらないと」

計画を立ててじゅんびする。

そうか――。

いっしゅん、ぱっとなにかがひらめいた。

でも、コップの中の氷《こおり》がとけて、カランと音を立てたしゅんかん、ひらめいたことが消《き》えてしまった。


商店街《しょうてんがい》には、午前中はお年よりが多かった。午後からは子ども連《づ》れや若《わか》い人もふえた。休みの日だと、みんな朝がおそいのかもしれない。

アユミさんは常連《じょうれん》さんに、ぎっくりごしになって、菜央《なお》の友だちが応援《おうえん》に来てくれている、って説明《せつめい》をさんざんして、

「ぎょうざたい焼《や》き食べてみない？　おいしいよ」

とつけ加《くわ》えてくれる。

「おいしそうねえ」

そう言いながらも、買うところまではいかない人も多い。

閉店《へいてん》までやって、ぎょうざたい焼《や》きは、二十一匹《ぴき》売れた。クラスの友だちが買ってくれた分が十二匹《ひき》だったので、商店街《しょうてんがい》のお客《きゃく》さんには、たった九匹《ひき》しか売れなかったことになる。

「ぼくが聞いたクラスの子には、ぎょうざたい焼《や》きは、人気だったのに。何でこんなに売れなかったんだろう」

「四年生のぼくらに人気があっても、商店街《しょうてんがい》を利用《りよう》するお客《きゃく》さんの好《この》みはちがうんだろう」

「そういうことか……」

涼《りょう》ちゃんの言葉《ことば》になっとくする。

「むずかしいな、商売《しょうばい》って」

「商店街《しょうてんがい》のお店も、よく変《か》わるもんな」

スマホショップやおしゃれなカフェなどは、商店街《しょうてんがい》ができたころにはなかったはずだ。

「そうねえ。この商店街《しょうてんがい》もずいぶん変《か》わったわね」

通りを見つめるアユミさんの瞳《ひとみ》には、昔《むかし》の商店街《しょうてんがい》が映《うつ》し出されているのかもしれない。

「駅《えき》そばの天丼屋《てんどんや》さん、昔《むかし》はたい焼《や》き屋《や》さんだったのよ」

「えー、天丼屋《てんどんや》って天福屋《てんぷくや》さんのこと？」

大きなえび天がおいしい店だ。

「そう、あそこにたい焼《や》き屋《や》さんができて、たまたまテレビで取《と》りあげられたからブームになって、行列《ぎょうれつ》ができる店になったのよ」

「へー、じゃあ、松丸堂《まつまるどう》のライバル店だったってこと？」

「ライバル店なんて言うレベルじゃないくらい、はんじょうしてたのよ。

そのときは、うちはかなりきびしかったわね」

「それでも、松丸堂《まつまるどう》じゃなくて、はんじょうしてたそっちの店がつぶれちゃったんですね？」

涼《りょう》ちゃんがたずねた。

「そう、人気が出たから、店を大きくして従業員《じゅうぎょういん》をふやしたのよね。たい焼《や》きの種類《しゅるい》もふやしてチラシを作って宣伝《せんでん》して、はでにやってたわ。ただ、そういうことにお金がかかってしまうから、利益《りえき》をあげるために、たい焼《や》きの価格《かかく》をあげたのよ」

「高くしたんだ」

「そう、でもブームが去《さ》って、だんだんお客《きゃく》さんがへってきてね。利益《りえき》があがらないから、あずきやクリームの質《しつ》を落《お》としたり、従業員《じゅうぎょういん》をへらしたりして、味《あじ》が落《お》ちたとか、あんこが少ないとか、焼《や》きかたにムラがあるとか、いろいろ言われるようになって、小さな商店街《しょうてんがい》だから、うわさはあっと言う間に広まって、お客《きゃく》さんがはなれてしまったの」

「それでつぶれちゃったんだ」

ぼくの言葉《ことば》に、アユミさんは少しさびしそうにうなずいた。

商店街《しょうてんがい》のお店がつぶれてしまうのはショックなのかもしれない。

「でも、松丸堂《まつまるどう》が生き残《のこ》ったのは、すごいですよ」

「うちのお店はありがたいことに、常連《じょうれん》さんがはなれなかったから、持《も》ちこたえられたのよ」

「アユミさんが、お客《きゃく》さんを大切にしているからですね」

「そう。お客《きゃく》さんにはかんしゃしかないね。拓都《たくと》くんたちだってそうよ」

「いいえ、そんな……」

「まあ、よくを言えば、もっと売れてほしいけどね。わたしのおじいさんがね、ここに土地を買って、小さな間口で、子どもからお年よりまでよろこばれる店をやりたいって、たい焼《や》き屋《や》を始《はじ》めたらしいわ」

たしかに。たい焼《や》きは、子どもからお年よりまで、みんな大好《だいす》きだ。

松丸堂《まつまるどう》はこの小さな間口で、アユミさんこだわりの、質《しつ》のいいあずきを仕入《しい》れて、あんこひとすじでここまで来たのだ。ぼくたちのせいで、お店のひょうばんを落《お》としたら大変《たいへん》だ。ぎょうざたい焼《や》きなどやって、柱《はしら》や鉄板《てっぱん》に古くからしみついたあんこのにおいを、消《け》してしまってはいけなかったんだ。

そうおもうものの、アユミさんの言葉《ことば》が、心の中に引っかかっている。
——それ以上《いじょう》に利益《りえき》を出さないといけないからね。
——よくを言えば、もっと売れてほしいけどね。
新しい商品《しょうひん》にチャレンジしてみたら、利益《りえき》をあげられるチャンスがあるかもしれない。
そうするには、どうすればいいのか。

7 売りあげをのばすには

翌日《よくじつ》の日曜日。

どうしたらいいか、ひとばんたっても考えがまとまらなかった。

ぎょうざはあまり当たらなかったので、今日は、いつものあんこだけだ。

「今日は、何か入れなくていいの？」

アユミさんはそう言ってくれたけど、遊《あそ》び感覚《かんかく》でやってはいけないと、昨日《きのう》学んだばかりだ。

お天気がよくて、商店街《しょうてんがい》の人通りは多い。

「百花《ももか》ちゃんのお兄ちゃーん」

小さい男女のグループが店の前に走って来た。

百花《ももか》の友だちかとおもったら、なんと百花《ももか》もまじっていた。

「お兄ちゃーん」

小さい手をふっている。

「たい焼《や》きくださーい」

百花《ももか》には店に来るなと言っておいたのに、こんなに大ぜいの子を連《つ》れて来てくれたなら大かんげいだ。

「ぼくはぎょうざたい焼《や》き」

「わたしも」

昨日《きのう》、家に持《も》って帰ったぎょうざたい焼《や》きを、百花《ももか》は気に入っていたから、みんなに話したのだろう。

「ぎょうざたい焼《や》きは、昨日《きのう》で終《お》わっちゃったから、みんなあんこでいいかな」

アユミさんが言った。

「えー、がっかりー」

「ぎょうざたい焼《や》き、食べたかったのに」

あー、残念《ざんねん》。昨日《きのう》来てくれたらよかったのに。

でも、そういう声が聞けたことはうれしかった。

小さい一年生が大ぜいで、店の前でたい焼《や》きをぱくついている。おいしそうに見えるのか、お客《きゃく》さんもよって来る。いい感《かん》じだ。

昨日《きのう》の夜、百花《ももか》にどんなたい焼《や》きが食べたいか聞いてみた。

当たりくじや、マシュマロやラムネが入っていたらいいなと言っていた。

本当に人それぞれ好《この》みがちがう。

そのあとも、クラスの子が何人か買いに来てくれた。友だちどうしや家《か》族《ぞく》といっしょだったり、ひとりでふらっと来てくれた子もいた。

サッカーのユニフォームを着《き》た子たちが、店の前に集《あつ》まった。

わいわいさわいでいる中、はしのほうで、光希《こうき》がぶすっとした顔で立っていた。

「光希《こうき》、おとといはごめん」

光希《こうき》の顔を見たら、すっと言葉《ことば》が出た。けんかをしていたのに、こうして仲間《なかま》を連《つ》れて来てくれたのだ。

「ちょっと言いすぎた」

「おれも、ちょっと言いすぎた」

「あいこだな」

「あいこだ」

見つめ合って、にやっと笑《わら》った。

「光希《こうき》、サッカーの試合《しあい》どうだった？」

涼《りょう》ちゃんがたずねると、シュートを決《き》めて勝《か》ち星をあげたことを話してくれた。

「すごい！」

「やったじゃん！」

涼《りょう》ちゃんもぼくもこぶしをあげて、菜央《なお》は、「おめでとー」って手をたたいた。

「おう、サンキュー。ところで、ぎょうざたい焼《や》きはどうしたの？」

鉄板《てっぱん》に目を走らせながら、光希《こうき》が聞いてきた。

「昨日《きのう》、あんまり売れなかったから、やめたんだ」

「なんだ、食べたかったのになあ」

残念《ざんねん》がってくれる子が何人かいた。

反対《はんたい》していたのに、光希《こうき》はちゃんとみんなに宣伝《せんでん》してくれたのだ。

「もっと宣伝《せんでん》したらよかったのかな」

「うん、チラシを作ってくばるとか」

涼《りょう》ちゃんのアイデアに乗《の》っかる。

「ああ、それいいな。アユミさん、どうですか？」

「そう、いい考えよ。お店の宣伝《せんでん》は大事《だいじ》だからね。でも、宣伝《せんでん》すればいいっ

てものでもないのよ。チラシ代《だい》がかかるし、くばってくれる人の人《じん》件費《けんひ》もかかるでしょ。うちみたいな小さな店ではそんなお金は出せないし、チラシを見て買いに来てくれる人がふえすぎても困《こま》るの。たい焼《や》きを作るのが追《お》いつかなくて、お客《きゃく》さんを待《ま》たせることになったら、買うのをあきらめちゃうかもしれないでしょ。そうするとお客《きゃく》さんとの信頼関係《しんらいかんけい》にもえいきょうが出るかもしれない。とにかく、お客《きゃく》さんがはなれていかな

いように商売《しょうばい》をしないとね」

「商売《しょうばい》って、ほんとにむずかしいんだな」

涼《りょう》ちゃんとうなずき合う。

アユミさんは、松丸堂《まつまるどう》のライバル店が、はでに宣伝《せんでん》していたと言っていた。宣伝《せんでん》の効果《こうか》がありすぎても困《こま》るってことか。

「いつも楽しそうに、たい焼《や》きを焼《や》いてるとおもったら、おばあちゃんもいろいろ考えてるのね」

菜央《なお》は深《ふか》くうなずいた。

「じゃあ、明日な」

結局《けっきょく》、みんなたい焼《や》きを買ってくれて、光希《こうき》と手をふって別《わか》れた。

「ぎょうざたい焼《や》きも悪《わる》くなかったよね。なにかもっと、人気の出るものがあったらやってみたい気もするけど」

光希《こうき》たちの背中《せなか》を見送《みおく》りながら、アユミさんがぽつりと言った。

計画を立てて、じゅんびする。

昨日《きのう》、涼《りょう》ちゃんが言っていた。

あのとき、ぱっとひらめいたことが、ぼくの頭の中ではっきりと形になった。

売りあげをのばすには――。

8　たい焼《や》き総《そう》選《せん》挙《きょ》

月曜日。

学校に着《つ》いて、菜央《なお》と光希《こうき》、涼《りょう》ちゃんに相談《そうだん》した。

ぎょうざたい焼《や》きは、ぼくが食べたかったものだ。みんなはなにを食べたいんだろう。みんなに聞いて、人気のあるものを売ればいいんじゃないか。

「それで、たい焼《や》きの中身投票《なかみとうひょう》か」

涼《りょう》ちゃんはポンと手を打《う》って続《つづ》けた。

「そうか。それを先に調査《ちょうさ》しておけばよかったんだ」

涼《りょう》ちゃんがめずらしく反対《はんたい》しないとおもったら、

「人気のメニューを知ることから始《はじ》めれば、ぎょうざたい焼《や》きなんて、売らないですんだんだ」

チクッとせめられてしまった。

「面白《おもしろ》そうじゃん。こないだテレビで、お客《きゃく》さんの持《も》ってきた食材《しょくざい》を入れてくれるたい焼《や》き屋《や》さんを、しょうかいしてたよ。おれはなにがいいかなあ」

光希《こうき》の言うように、お客《きゃく》さんが好《す》きな食材《しょくざい》を持《も》ちよるなんて、楽しそうだな。いくらで売るんだろう。利益《りえき》はあるのかな？

「投票《とうひょう》はいいけど、松丸堂《まつまるどう》で売るのは話が別《べつ》だよ。それはアユミさんに聞いてみないと」

涼《りょう》ちゃんはきびしい。

「でもね、おばあちゃん、ぎょうざたい焼《や》きがどのくらい売れるかなって、楽しそうだったよ。もう少し売りあげをのばす工夫《くふう》をしてもいいかも、とか、あんこだけじゃなくて、バリエーションをふやしたら、菜央《なお》たちも食べてくれるでしょ、なんて言ってたし」

「本当？」

おもわず、身《み》を乗《の》り出した。

「拓都《たくと》、調子《ちょうし》に乗《の》るなよ」

「わかってるよ。でも、中身投票《なかみとうひょう》はやってみようよ」

「そうだな、みんなが好《す》きなものも知りたいし」

「じゃあ、休み時間に聞いてみよう」

ということで、二十分休けいを待《ま》った。

先生が教室を出て行ったあと、ぼくはすぐに立ちあがって言った。

「みんなちょっと聞いて」

光希《こうき》と涼《りょう》ちゃん、菜央《なお》はぼくのまわりに集《あつ》まった。

トイレに行こうとしていた子も、いったん動《うご》きを止めてぼくに注目《ちゅうもく》した。

「『たい焼《や》きの中身投票《なかみとうひょう》』というのをしたいとおもいます」

「なにそれ」

「たい焼《や》きの中身《なかみ》？」

教室は一気にさわがしくなった。

「そうです。みんな、たい焼《や》きの中身《なかみ》になにが入っていたらいいか、書いてください」

「あんこ以外《いがい》ってこと？」

「松丸堂《まつまるどう》で売るの？」

「拓都《たくと》くんたちが作るの？」

「ええっと、まず、あんこでもいいです。松丸堂《まつまるどう》で売るかどうかはわかりません。ただ、売っていたら買いたいとおもうものを書いてください」

ぼくの言葉《ことば》に、菜央《なお》がつけたした。

「おばあちゃんも、たまにはあんこ以外《いがい》のものを売ってもいいかなっておもってるみたいなの。だから、みんな真面目《まじめ》に投票《とうひょう》してくれる？」

「おばあちゃんのこし、よくなったの？」

「そうなの。拓都《たくと》くんたちのサポートもあって、お店も休まずにできたし、おばあちゃん元気になったよ」

「よかったねー」

「うん。みんな心配《しんぱい》してくれたり、買いに来てくれたりして、本当にありがとう」

「とにかく、この紙に書いて投票《とうひょう》してください」

涼《りょう》ちゃんが、話をまとめるように声をあげた。

ぼくは昨日《きのう》の夜、小さな用紙を作っておいた。四人で手分けして、みんなにくばった。

「なにがいいかなー」

「カスタードかな？」

「おれは、納豆《なっとう》がいいいな」

「えー、やだー」

みんなそれぞれ、近くの子たちとおしゃべりしながら考えている。

用紙をくばっているとき、「たい焼《や》きの中から、赤ちゃんたい焼《や》きが出てきたら面白《おもしろ》いよな」なんて声が聞こえてきて、吹《ふ》き出してしまった。

「みんな真面目《まじめ》に書けよー」

光希《こうき》の声で、みんなの目がしんけんになる。

投票《とうひょう》は帰りまでに書いてもらって、放課後《ほうかご》、発表《はっぴょう》することにした。

投票《とうひょう》用紙は、菜央《なお》が持《も》っていた、エコバッグに入れてもらった。

わくわくしながら放課後《ほうかご》を待《ま》つ。

習《なら》い事《ごと》などで急《いそ》ぐ子は残念《ざんねん》そうに帰って行き、そのほかの子はみんな残《のこ》って席《せき》に着《つ》いている。

エコバッグから投票《とうひょう》用紙を出して、光希《こうき》が読みあげて、涼《りょう》ちゃんが黒板《こくばん》に書くことになった。

ぼくと菜央《なお》は、折《お》りたたまれた用紙を広げる係《かかり》だ。

「チーズ」

「プリン」

「キムチ」

「かにかま」

笑《わら》いが起《お》こる。

「チョコレート」

「ちょっと待《ま》って、早いよ」

涼《りょう》ちゃんはまだ「キムチ」を書いたところだった。光希《こうき》は涼《りょう》ちゃんが書き終《お》わるのを待《ま》って続《つづ》けた。

「目玉焼《めだまや》き」

「アイスクリーム」

納豆《なっとう》はなかったものの、みたらしだんごとか、バナナやいちご、マスカットなんていうのもあった。さっき聞こえてきた、おなかから赤ちゃんたい焼《や》きっていうのも入っていた。

最後《さいご》の一枚《まい》を発表《はっぴょう》し終《お》えて、みんなの視線《しせん》が黒板《こくばん》に集《あつ》まる。

「たい焼《や》きの中身《なかみ》投票《とうひょう》の結果《けっか》は……」

クイズ番組で見る、ドラムロールの音を光希《こうき》がまねをする。

「ダダダダダダダダダ……」

もったいぶらなくても、黒板《こくばん》に結果《けっか》は出ている。『正』の字

が答えだ。いや、しかし、『正』の字はひとつもない。

「チョコレート四票《ひょう》。カスタード三票《ぴょう》。あとはえっと、ホイップクリーム二票《ひょう》に、抹茶《まっちゃ》クリーム二票《ひょう》。チーズクリームも二票《ひょう》で……」

光希《こうき》の目が黒板《こくばん》を行ったり来たりする。

「あとは、全部《ぜんぶ》一票《ぴょう》だ」

ぼくは少しはなれたところから、黒板《こくばん》を見あげて言った。

「たった四票《ひょう》で、一番人気って

言えるのかな」

「ばらけちゃったよな」

涼《りょう》ちゃんも同じことをおもっているようだ。

真面目《まじめ》に答えてくれた子も多そうだけど、プリンとかアイスなんて、できっこないものまで入っている。

「あの、ちょっといいかな」

ぼくの横《よこ》で、黒板《こくばん》をじっと見ていた風香《ふうか》ちゃんが手をあげた。

「こないだショッピングモールに行ったとき、スマホのアンケートに答えたら、バルーンアートがもらえるっていうのがあって、ママがやったのよ。どこのスマホを使《つか》ってますか？　とか、何年使《つか》ってますか？　とか、いくつかしつもんがあったんだけど、回答は書いてあるものから選《えら》んで、丸をつけるようになってたよ」

「ふーん」

それがどうしたって感《かん》じで、光希《こうき》がうなった。

「そっか、そういうことか！」

「風香《ふうか》ちゃん。よく気がついたな」

ぼくと涼《りょう》ちゃんは、同時に声をあげた。

光希《こうき》は首をかしげたままだ。

「チョコレート、カスタード、ホイップクリーム、抹茶《まっちゃ》クリーム……」

黒板《こくばん》を見ながら、結果順《けっかじゅん》に読みあげる。

「あと、チーズクリームにさつまいもに……」

涼《りょう》ちゃんの頭の中には、デパートのたい焼《や》き屋《や》さんのメニューが入っているのだろう。

「キャラメルクリームもあったよ」

意味《いみ》がわかったようで、菜央《なお》も加《くわ》わった。

「何の話してんの？」

ぼくたちがもりあがっている横《よこ》で、光希《こうき》がいらいらし始《はじ》めた。

「アンケートの回答を、選択式《せんたくしき》にすればよかったのよね」

「そう！　そしたら、こんなにばらばらにならなかったんだ」

菜央《なお》に続《つづ》いてぼくが言った。

「へー、頭いいな。風香《ふうか》ちゃん」

光希《こうき》もわかったようだ。

「候補《こうほ》をしぼって、もう一度《ど》やり直してみる？」

菜央《なお》が言うと、涼《りょう》ちゃんはすぐに、「いや」と否定《ひてい》した。

「もう一度《ど》やり直して、なにかが一番多かったとしても、松丸堂《まつまるどう》では売れないだろう。かたよりがあるから」

「かたより？」

どういうことなんだろう。

「このアンケートは、ぼくたちのクラスだけだから」

「そっか。ぎょうざたい焼《や》きのときと同じだ。クラスでは人気があったのに、商店街《しょうてんがい》ではちっとも売れなかった」

なにかすっきりしなかったことが、今、はっきりわかった。

「子どもの好《す》きなものと、大人の好《す》きなものはちがうってことか」

「じゃあ、みんなのお父さんとお母さんに聞いてくるっていうのは？」

「いや、それでもかたよるな。商店街《しょうてんがい》はお年よりが多そうだし、商店街《しょうてんがい》を利用《りよう》する人たちに聞かないと意味《いみ》がない」

涼《りょう》ちゃんはきっぱり言って、ひと呼吸《こきゅう》置《お》いた。

「……まあ、でも、そんなことできっこないし」

できっこない。

教室のまどから風が吹《ふ》いて、ぼくの頭の中に風《かざ》あなを開《あ》けた。

「できるよ！」

みんなポカンとしている。

チョコ
カスタード

「商店街《しょうてんがい》でアンケートを取《と》るんだ」

「どうやって？」

「ぼくたち、みんなでやるんだよ」

「そんなことできるか？」

「無理《むり》だよー」

ざわざわした声をはねのけるように言った。

「無理《むり》じゃないよ。商店街《しょうてんがい》で、『たい焼《や》き総選挙《そうせんきょ》』をやるんだ」

9　商《しょう》店《てん》街《がい》でアンケート

反対意見《はんたいいけん》やいそがしいと言う子もいたものの、ほとんどの子がさんせいしてくれて、アンケートに協力《きょうりょく》してくれることになった。

塾《じゅく》の休み時間に、三人でアンケートのやりかたを考えた。

「統計《とうけい》っていうのは、かたよりがないように、年代《ねんだい》や性別《せいべつ》のちがいなどのばらつきのあるデータを集《あつ》める必要《ひつよう》がある」

涼《りょう》ちゃんは、さっき塾《じゅく》の先生に聞いたらしく、メモを読みながら言った。

「年代《ねんだい》も聞くけど、商店街《しょうてんがい》を利用《りよう》する人たち、というしばりでアンケートを取《と》るから、大人とか子どもとか特《とく》に意識《いしき》しなくていいから」

「年は気にしなくていいってこと？　クラスのアンケートと同じにならないように、大人に聞くんじゃないの？」

「子どもだって商店街《しょうてんがい》の利用者《りようしゃ》なんだから、聞かなくちゃ」

ぼくたちの会話を、光希《こうき》はだまって聞いている。水とうのふたをパカパカと開《あ》けたり閉《し》めたりして、ちょっとうるさい。

「いろんな年代《ねんだい》の人に聞くことで、商店街《しょうてんがい》を利用《りよう》する人たちのニーズもわかる」

「統計《とうけい》とかニーズとか、なにそれ？　むずかしいことばっかでわかんないよ」

光希《こうき》はふてくされたたいどで、水とうのお茶を飲《の》んだ。

「むずかしくないよ。子どもからお年よりまで、商店街《しょうてんがい》を歩いている人たちに、はば広く声をかければいいんだ」

「なんだ、かんたんじゃん」

光希《こうき》はパチンとふたを閉《し》めた。

塾《じゅく》から帰って、ノートにたて線と横線《よこ》を入れた表《ひょう》の下書きを作る。

曜日《ようび》と時間。性別《せいべつ》は、(男性《だんせい》・女性《じょせい》)として、年代《ねんだい》は、(十代以下《だいいか》・十代《だい》～二十代《だい》・三十代《だい》～四十代《だい》・五十代《だい》～六十代《だい》・七十代以上《だいいじょう》)と、〇をつけてもらえるように書きこむ。

あとはたい焼《や》きの種類《しゅるい》だ。

クラスの結果《けっか》とインターネットでも調《しら》べて、人気のありそうなものを選《えら》んだ。

あんこ、チョコレート、カスタード、ホイップクリーム、抹茶《まっちゃ》クリーム、チーズクリーム、さつまいも。そのくらいで十分だろう。その中から選《えら》べない人用にその他《た》として(　　　)を設《もう》けた。

お父さんに手伝《てつだ》ってもらって、パソコンで仕上《しあ》げると、一枚《まい》に二十人分のアンケートが取《と》れるので、三十枚《まい》ほどコピーを取《と》った。

次《つぎ》の日、教室で発表《はっぴょう》し、アンケートに協力《きょうりょく》してくれる子に手をあげてもらい、用紙をくばって説明《せつめい》をした。

アンケート期間《きかん》は、明日、水曜日から日曜日までとした。

グループ分けをして、五、六人で商店街《しょうてんがい》に散《ち》らばってもらう。時間の入れかわりも決《き》めた。

この調査《ちょうさ》で、一番人気のあるたい焼《や》きの中身《なかみ》がわかる。

アンケートを取《と》ることも、なにが一番に選《えら》ばれるかも、わくわくする。

「そうそう、アンケートに行くときは、画板《がばん》を使《つか》うといいよ。台がないと書きにくいから」

涼《りょう》ちゃんのアイデアにわき立った。図工で使《つか》う画板《がばん》はみんな持《も》っている。

早速《さっそく》、ロッカーに入れてある画板《がばん》を持《も》って帰った。

水曜日、画板《がばん》を下げて、はり切って商店街《しょうてんがい》に出たものの、知らない人に声をかける勇気《ゆうき》が出ない。

ぼくたちの班《はん》は、男子が三人と女子がふたり。

光希《こうき》は通りすぎる人をうまくつかまえている。ひとり終《お》えると、すぐまた次《つぎ》の人というふうに、だれにでも気軽《きがる》に声をかけている。

すごいなあ、光希《こうき》。特技《とくぎ》だな。

それに比《くら》べてぼくは、あの人に声をかけたらめいわくじゃないか、とか、急《いそ》いでいそうだなとか、人の顔を見てはためらっ

て、うじうじしてしまう。

「ちょっといいですかー」

女子のふたりも人見知りすることなく、声をかけている。

スマホショップの前あたりにいる涼《りょう》ちゃんも、さっきからいろんな人としゃべっている。

あせる、あせる。言い出しっぺのくせに、アンケートを取《と》れなかったなんてなさけない。

よっぽど困《こま》った顔をしていたのか、ぼくの前に、制服《せいふく》を着《き》た、女子中学生か高校生が近づいて

来た。ひとりはかみの毛が茶色くて、もうひとりはすらりと背《せ》が高い。大人っぽいから高校生かもしれない。

「なにやってんの？」

「みんな小学生だよね」

「ああ、えっと」

画板《がばん》を持《も》った小学生にきょうみを持《も》ってくれたようだ。

「あの、えっと。『たい焼《や》き総選挙《そうせんきょ》』というのをやっているんです」

「へー、面白《おもしろ》そう」

茶ぱつの子が高い声を出した。

「松丸堂《まつまるどう》で売るの？」

背《せ》の高い子はカンがいいようだ。

「いえ、すぐに売るわけではなくて、どういう中身《なかみ》が人気なのか知りたくてやっています」

「へー、人気の中身《なかみ》ねえ」

「わたしたちも答えようか」

「お願《ねが》いします」

用紙を見せながら、性別《せいべつ》と年代《ねんだい》を聞いて、丸をつける。

「うーん。わたしはその他《た》かなあ。りんごが入ってたらうれしいかも」

茶ぱつの子が答えた。

「わたしはホイップクリームがいいかな」

水曜日・四時・女性《じょせい》・十代《だい》〜二十代《だい》・りんご
水曜日・四時・女性《じょせい》・十代《だい》〜二十代《だい》・ホイップクリーム
二行埋《う》まった。やった！

「ありがとうございます」

ふたりに聞けたことで、ちょっと勇気《ゆうき》がわいてきた。

大きなカバンを持《も》った、スーツ姿《すがた》の人がこっちを見ている。

「おーい、拓都《たくと》、なにしてんだ？」

「あっ、久保《くぼ》先生」

塾《じゅく》の先生と気づいたとき、涼《りょう》ちゃんと光希《こうき》も、ぼくのところに走って来た。

「たい焼《や》きの総選挙《そうせんきょ》？　面白《おもしろ》そうだな。ぼくは抹茶《まっちゃ》クリームにしといて」

まだなにも聞いていないのに、先生は用紙をのぞきこみ、そう言い残《のこ》して、いそがしそうに行ってしまった。

水曜日・四時二十分・男性《だんせい》・三十代《だい》〜四十代《だい》・抹茶《まっちゃ》クリーム
これはぼくの手がらにした。

「アンケート？　無理《むり》、無理《むり》」

「たい焼《や》きの中身《なかみ》？　くだらない」

めいわくそうにされることもあったけど、答えてくれる人のほうが多かった。

結果《けっか》が知りたいと言ってくれる人や、松丸堂大好《まつまるどうだいす》きという人にも出会った。

アンケートの効果《こうか》なのか、ぼくたちのしつもんに答えてくれたあと、松《まつ》丸堂《まるどう》に立ちよってくれる人もいた。

今日は、菜央《なお》が松丸堂《まつまるどう》に入っている。目が合うと、手をふって声援《せいえん》を送《おく》ってくれた。

アンケートは一時間ほどで終《お》わりにした。

ぼくと涼《りょう》ちゃんは、どっちも七人だった。光希《こうき》はぼくたちの倍《ばい》の十四人に聞いていて、グループ全部《ぜんぶ》で、なんと三十八人ものアンケートが集《あつ》まった。

この調子《ちょうし》でいったら、たくさんのデータが取《と》れるだろう。

翌日《よくじつ》、塾《じゅく》に行くと、久保《くぼ》先生にアンケートのことを聞かれたので、松丸《まつまる》堂《どう》で手伝《てつだ》いをしているうちに、中身《なかみ》の投票《とうひょう》をおもいついたことを話した。

「先生、統計《とうけい》は、何人くらいの人に聞けばいいでしょうか?」

涼《りょう》ちゃんのしつもんに、先生は、「そうだなあ……」と、カバンからパソコンを取《と》り出した。なにやら検索《けんさく》して調《しら》べている。

とにかく大ぜいの人に聞けばいいんじゃないの? とおもっていたぼくは、涼《りょう》ちゃんのしつもんの意味《いみ》がピンと来なかった。

「うん、杉菜商店街《すぎなしょうてんがい》の利用者《りようしゃ》って大体五百人ほどなんだ。だから、百十人ほどに聞けば、全員《ぜんいん》に聞いた場合と、ほぼ同じ結果《けっか》になりそうだな」

「それだけでいいんですか?」

「五百人全員《ぜんいん》に聞かなくてもいいんだ。なんだ、楽勝《らくしょう》じゃん」

光希《こうき》はよゆうを見せた。

「先生すごい」

そういう人数を割《わ》り出せるなんて、びっくりだ。

「商店街《しょうてんがい》の利用者《りようしゃ》に聞きたいから、年れいや性別《せいべつ》は気にしなくていいよ。お年よりが多くなっても、それが利用者《りようしゃ》ってことだからね。それより、時《じ》間帯《かんたい》によって、利用者《りようしゃ》の年代《ねんだい》や性別《せいべつ》が変《か》わるだろうから、一日を通して、まんべんなく聞くんだぞ」

「はーい」

授業《じゅぎょう》が始《はじ》まるので、ぼくたちは教室に急《いそ》いだ。


学校のクラスでは、あちこちで予想《よそう》を立てて楽しんでいる。

「やっぱり、あんこかな?」

「わたしはチーズクリームがいいな」

「その他《た》になにが入っているか楽しみだな」

「おれが聞いたのでは、ハムチーズとか、チキンカレーとか、ティラミスとか……って、たい焼《や》きに合うかな」

光希《こうき》の回答には、その他《た》もけっこうあったようだ。

「そうそう、たい焼《や》きと相性《あいしょう》がいいかってことが大事《だいじ》だよな。ぼくのアンケートには、からあげっていうのもあったよ。あれもどうかな？」

「ぎょうざといっしょで、そのままのほうがきっとおいしいよ」

さりげなくいやみを言う涼《りょう》ちゃん。当たっているだけに、なにも言い返《かえ》せなかった。みんなが立てた予想《よそう》と結果《けっか》がどのくらいちがうのか、楽しみだ。

土、日は商店街《しょうてんがい》の利用者《りようしゃ》もふえるだろうし、一日を通してアンケートを取《と》れるので、平日《へいじつ》の夕方は、ぼくたちが聞いた水曜日と、木曜日だけにした。

涼《りょう》ちゃんと塾《じゅく》の先生のおかげで、必要以上《ひつよういじょう》にアンケートを取《と》らずにすんだからだ。

日曜日、商店街《しょうてんがい》のアンケートを終《お》えた。

アユミさんのこしはすっかりよくなって、もうぼくたちが、応援《おうえん》に行くことも、心配《しんぱい》することもなくなった。

ほんの少しさみしい気持《きも》ちもあるけど、アユミさんはいつものペースにもどれて、ほっとしていることだろう。

明日はいよいよ、投票結果《とうひょうけっか》が出る。

10 投票結果《とうひょうけっか》

月曜日の朝、みんなからアンケート用紙を集《あつ》め、休み時間と昼休みに、アンケートの集計《しゅうけい》をした。

年代別《ねんだいべつ》に分けると、商店街《しょうてんがい》を通る人はほぼ大人、それも四十代以上《だいいじょう》の人が多かった。

男女別《だんじょべつ》では、女性《じょせい》が多い。

「みんなありがとう。おばあちゃん、よろこぶわ」

菜央《なお》はちょっとうるうるしていた。

手分けして集計《しゅうけい》した結果《けっか》が出た。

「あんこがダントツか」

やっぱりというか、そうなのかというか……。

「なに、なに？」

ぼくたちのまわりにみんなが集《あつ》まってきて、アンケート用紙のうばい合いになった。

「へー、あんこが七十票《ぴょう》。二位《い》のカスタードを大きく引きはなしたね」

「すごいね。もっとばらけるとおもった」

「アンケートを取《と》ってるときから、あんこがいいって声は多かったけど、ここまでとはな」

みんな投票結果《とうひょうけっか》に熱心《ねっしん》だ。

投票《とうひょう》前はちがう結果《けっか》に期待《きたい》していたけど、たしかに、昔《むかし》からたい焼《や》きと言えばあんこだ。当然《とうぜん》の結果《けっか》だったのかな。

種類《しゅるい》をふやせば売れる、ってもんじゃないことがわかった。

そうは言っても、やってみなきゃこの結果《けっか》は出なかった。アンケートをやったのはまちがいではないと、胸《むね》をはって言える。

「ぎょうざたい焼《や》きは一票《ぴょう》もなしか。これじゃあ、売れ残《のこ》るわけだな。勝手《かって》にやっちゃって、ほんとだめだなあ」

光希《こうき》に反対《はんたい》されたのに押《お》し切ってしまったこと。菜央《なお》にもアユミさんにも、よけいな手間をかけてしまった。

みんなにあやまった。

「だめなことないよ。拓都《たくと》くんはいいとおもってやってくれたんだから、ね」

菜央《なお》が光希《こうき》に同意《どうい》をもとめるように言った。

「そうだよ、もういいよ。前もって、アンケートを取《と》るのが大事《だいじ》ってこともわかったし」

「おばあちゃんに言っとくね。松丸堂《まつまるどう》は、あんこだけでじゅうぶんだって」

「拓都《たくと》の口ぐせ。やってみなくちゃわかんないが成功《せいこう》したんじゃないか。商店街《しょうてんがい》でアンケートを取《と》るなんて、ぼくはおもいつかなかった」

涼《りょう》ちゃんの熱《あつ》いまなざしで、ぼくの体に火がともった。

「ほんと、拓都《たくと》くんの行動力《こうどうりょく》にはおどろいたよ。光希《こうき》くんも涼《りょう》ちゃんもお店に来てくれて本当にありがとう」

菜央《なお》のまなざしも熱《あつ》い。体が燃《も》えてきた。T《ティー》シャツの胸《むね》をつまんで、パタパタやった。

「やっぱり、クラス投票《とうひょう》とは結果《けっか》がちがったね。クラスではあんこはほとんど出なかったのに」

風香《ふうか》ちゃんの言葉《ことば》にはっとした。

クラス投票《とうひょう》、二十五人の結果《けっか》と、商店街《しょうてんがい》百十人の結果《けっか》のちがい。ってことは……。

「久保《くぼ》先生は百十人に聞けば、正しい結果《けっか》がみちびけるって言ってたよね。でも、もっと大ぜいの人に聞いたら、あんこよりカスタードが多くなるってこと、ないのかな？」

涼《りょう》ちゃんは、にやりとして言った。
「そこでだ。ぼくはさらに先生に聞いてきた。百十人中、六十一票《ぴょう》以上《いじょう》、集《あつ》めた票《ひょう》があったら、その結果《けっか》は、ほぼ全体《ぜんたい》の結果《けっか》と同じになるらしいよ」
「てことは、あんこは七十人いたから、もっと大ぜいに聞いても、ほぼあんこが一位《い》になるってこと？」
「そういうこと」

「へー、すごいな」

「統計学《とうけいがく》、ぼくも学びたいな」

涼《りょう》ちゃんの言葉《ことば》に、光希《こうき》は「うへー」といやな顔をした。

「なんだかさっぱりわからないよ。統計学《とうけいがく》って、なにそれ？」

ぼく自身《じしん》も、涼《りょう》ちゃんの説明《せつめい》はわかったような、わからないようなだ。

多分、涼《りょう》ちゃんもそんなにはわかっていないんじゃないかな。

「ぼくもくわしくはわからないけど、ある一定《いってい》の数を調《しら》べれば、全体《ぜんたい》の数と同じ結果《けっか》になるってことみたいだよ」

そうらしいことはなんとなくわかるものの、みんなも首をかしげたままだまっている。

「えっと、たとえば……そう、こないだ、選挙《せんきょ》があっただろう。テレビで開票速報《かいひょうそくほう》をやってるのを見てたんだ。まだ投票《とうひょう》時間が終《お》わってないのに、もう当選《とうせん》の結果《けっか》が出ている人がいたんだ。それでお兄ちゃんに聞いたら、選挙《せんきょ》では『出口調査《ちょうさ》』っていうのをやっていて、答えてもらった人の数で、当選確実《とうせんかくじつ》っていうのが出るんだって。計算方法《ほうほう》はふくざつなんだろうけど、たった一パーセントの回答で、当選《とうせん》か落選《らくせん》かを予測《よそく》することができるらしいよ」

ますますむずかしい。

困《こま》った顔のぼくたちに、涼《りょう》ちゃんもとまどっている。

「あっ」

おもわず声をあげた。

「なんだよ、拓都《たくと》」

「そういえば、こないだの選挙《せんきょ》で、お母さんが言ってた。期日前投票《きじつまえとうひょう》に行ったら、だれに投票《とうひょう》したか、会場の外で聞かれたって」

「それが出口調査《ちょうさ》だよ」

「すげえな、拓都《たくと》のお母さん」

「すごいことなのかな？」

「いや、たまたま、その会場で調査《ちょうさ》をしてたんだろう」

涼《りょう》ちゃんは冷静《れいせい》に答えた。

「選挙《せんきょ》のように、全員《ぜんいん》に聞かなくても、一部《ぶ》の人に聞いた結果《けっか》が、ほぼ全《ぜん》員《いん》の結果《けっか》と同じになるってこと」

「むずかしそうだな。おれ、統計学《とうけいがく》なんて習《なら》いたくないよ」

光希《こうき》がビビる。

「でもちょっと面白《おもしろ》いかも」

『統計《とうけい》を取《と》る』ことの大切さが、ほんのちょっとわかったような気がするし。

「その他《た》のアンケート、めちゃ面白《おもしろ》いな」

アンケート用紙を手にしている子が、声をあげた。

「十代《だい》～二十代《だい》、女性《じょせい》、チーズケーキ、タピオカ」

「三十代《だい》〜四十代《だい》、男性《だんせい》、チキンカレー。五十代《だい》〜六十代《だい》、男性《だんせい》、天津飯《てんしんはん》？　って商店街《しょうてんがい》の来来軒《らいらいけん》の天津飯《てんしんはん》のことじゃん」

「こっちも面白《おもしろ》いよ。七十代《だい》以上《いじょう》に、野沢菜《のざわな》って」

「四十代《だい》〜五十代《だい》、男性《だんせい》、からあげに焼《や》き鳥」

「おれのお父さんもそう答えそう」

「年代別《ねんだいべつ》に見ると、なんとなくうなずけるね」

「十代《だい》～二十代《だい》、女性《じょせい》、オートミール」

「ダイエット？」

話し声も笑《わら》い声も、全然《ぜんぜん》止まらない。

そろそろ昼休みが終《お》わる。

「みんな、協力《きょうりょく》してくれてありがとう。松丸堂《まつまるどう》はこれからも、あんこひとすじにがんばります！」

菜央《なお》がしめくくると、教室に大きなはくしゅが起《お》こった。

11 アンケートの効用《こうよう》

「アユミさん、応援《おうえん》に来たよ」

「ありがとう」

菜央《なお》もエプロンをして、手伝《てつだ》いに来ている。

アユミさんと菜央《なお》が、たい焼《や》き器《き》の前にならんで、にっこりしている。

こうして見ると、ふたりはなんとなく似《に》ている。

「どうですか？　売れ行きは」

涼《りょう》ちゃんが聞いた。

「なかなかいいよ」

アユミさんのたい焼《や》きのピアスが、楽しげにゆれた。

商店街《しょうてんがい》で取《と》ったアンケートは、アユミさんにわたすことにした。

三日前、菜央《なお》はピアノの日だったので、ぼくと光希《こうき》、涼《りょう》ちゃんの三人で、松丸堂《まつまるどう》をおとずれた。

「すごい。こんなにたくさん!?」

アユミさんは、じっくりとていねいに、アンケートに目を通した。

「ふんふん」と何度《ど》もうなずき、ときには、「へー」と面白《おもしろ》がりながら。

「協力《きょうりょく》してくれた拓都《たくと》くんのクラスの子や、商店街《しょうてんがい》の人たちには、かんしゃの気持《きも》ちでいっぱいよ。みんなにはすっかりお世話《せわ》になっちゃって、ありがとうね。ほんとに助《たす》かったわ」

しみじみと言うアユミさんの目には、うっすらとなみだが浮《う》かんでいた。

「この町で、たい焼《や》き屋《や》をやってて、よかった」

アユミさんは目頭《めがしら》を押《お》さえてから、また、アンケート用紙に視線《しせん》をもどした。

「やっぱり、あんこは不動《ふどう》なのね」

「ぼくはこんなに多いとはおもわなかったよ。アユミさんは、予想《よそう》通りでしたか？」

「そうねえ、多いとはおもったけど……。でもこれで、今まで通りやっていくことに、自信《じしん》が持《も》てたわ」

——松丸堂《まつまるどう》はこれからも、あんこひとすじにがんばります！

アンケート結果《けっか》を発表《はっぴょう》したときの、菜央《なお》の言葉《ことば》もおもい出される。

けれど、アユミさんは商売人《しょうばいにん》だ。それだけでは終《お》わらなかった。アンケート用紙を指《ゆび》さしながら言った。

「あんこの次《つぎ》にカスタードが人気で、その次《つぎ》に、チョコレートと抹茶《まっちゃ》クリームとチーズクリームね。この三つは、あまり差《さ》がないのよね。どれもそこそこ人気はあるから、売りかたによっては出そうね」

「えっ？」

アユミさんはブツブツ言いながら、顔をあげた。

「せっかく取《と》ってくれたアンケートを、生かさない手はないからね」

「でも、結果《けっか》はあんこがダントツで……」

「それに昔《むかし》、カスタードをやったけど、当たらなかったって」

食品《しょくひん》ロスになりかねないってことだった。

「昔《むかし》はね。今、この結果《けっか》を見ると、カスタードとチョコレートと抹茶《まっちゃ》クリームとチーズクリームは、よろこんでもらえそうじゃない。せっかくアンケートに答えてくれたのに、なにも変《か》わらないんじゃ、もうしわけないからね」

ということは……。

ぼくたちのアンケートが生かされる！

「やったー」

三人でタッチした。

「ただし、量《りょう》をおさえた形で、二週間くらいの期間限定《きかんげんてい》でやったらいいかもしれない。カスタードの次《つぎ》は、チョコレート、その次《つぎ》は抹茶《まっちゃ》クリームというふうに、変《か》えていくの」

「面白《おもしろ》そうだな」

「売れるといいな」

「よかったら、見に来る？」

アユミさんにぼくたちの気持《きも》ちが伝《つた》わったようだ。

「いいんですか？」

「待《ま》ってるわ。三人が来れるのは土曜日よね。みんなで来て」

「ありがとうございます」


というわけで、土曜日。

アユミさんの提案《ていあん》で、アンケートで人気のあった四品《ぴん》を順《じゅん》に、期間限定《きかんげんてい》販売《はんばい》することになったのだ。

すでに、カスタードはおとといから売り始《はじ》めていたようだ。

「カスタードください」

店先のお客《きゃく》さんは、子どもの手を引いた、お母さんだ。

「はい、ありがとうございます」

できたてのカスタード入りたい焼《や》き。

試食《ししょく》させてもらったら、アユミさんの手作りカスタードは、ちょうどいいあまさの、やさしい味《あじ》だった。

昔《むかし》はあんまり売れなかったらしいけど、期間限定《きかんげんてい》の効果《こうか》なのか、目新《めあたら》しいからか、売れ行きはいい。

アユミさんは、それぞれ何匹《びき》ずつ焼《や》いたらいいか、お客《きゃく》さんの流《なが》れを読みながら判断《はんだん》しているようだ。

「二週間でカスタードは終《お》わるのよね。また、買いに来なくちゃね」

たい焼《や》きを受《う》け取《と》りながら、お母さんが子どもに話しかけた。

「うん、また来る」

「また、来てねー」

ぼくたちが手をふると、小さな手をふり返《かえ》してきた。

「カスタードもいけるわね」

「さすがですね、アユミさん」

「このまま、ずっとやっても、売れるんじゃないかなあ」

「だめだよ、拓都《たくと》。みんな期間《きかん》限定《げんてい》って言葉《ことば》に弱いんだって。おれの母さんが言ってた」

光希《こうき》の言葉《ことば》に爆笑《ばくしょう》した。

「こんにちは」

店先にのぞいた、ふたりの顔に見おぼえが……。

「カスタードください」

「いらっしゃいま……あっ！」

ぼくがアンケートに困《こま》っていたとき、声をかけてくれたふたりの女子高生だ。

「あのときは、ありがとうございました」

ぺこりと頭を下げた。

「わたしはりんごって言ったけど」

「わたしはホイップクリームっ

て答えたよ」

「あの、すみません」

「じょうだんだよ。カスタードも大好《だいす》きだから」

「うれしいよね。松丸堂《まつまるどう》でカスタードを食べられるなんて」

「次《つぎ》は、チョコレートなんだ。また来ないと」

店の表《おもて》にはってあるポスターは、菜央《なお》が作った。アンケートの結果発表《けっかはっぴょう》と、期間限定《きかんげんてい》の商品名《しょうひんめい》が書いてある。

アンケートでどんな結果《けっか》が出たのか、立ち止まって、楽しそうに見ていく人も多い。

「チーズクリームも抹茶《まっちゃ》クリームも、楽しみじゃない？」

「うん、楽しみ」

「また来るねー」

「ありがとうございます！」

ふたりとも、見えなくなるまで、手をふってくれた。

「期間限定《きかんげんてい》なら、一度《ど》食べてみようかね」

お年よりの人も、カスタードにきょうみを持《も》ってくれた。

「わたし、カスタードって答えたのよ。うれしいわ」

「おぼえてますよ！　二十……で、仕事《しごと》は……」

うっかり言いそうになって、光希《こうき》はあわてて口をつぐむ。

光希《こうき》はぼくたちの中で、一番客商売《きゃくしょうばい》が向《む》いているんじゃないか。アンケートのとき、そんなおしゃべりをしていたなんて、本当にフレンドリーだ。

「そんな個人情報《こじんじょうほう》まで聞いたのか」

涼《りょう》ちゃんはあきれて言った。

「アユミさんのカスタードも最高《さいこう》だったよ」

常連《じょうれん》さんの中には、カスタードにもリピーターができた。

ぼくも、アンケートをきっかけに、お客《きゃく》さんとコミュニケーションが取《と》れるようになった。それまで、全然縁《ぜんぜんえん》がなかった杉菜町《すぎなまち》の人たちと、たくさん知り合いになれた。

「アンケートのおかげで、お客《きゃく》さんのもとめているものがわかってよかったわ。この分だと、チョコレートも抹茶《まっちゃ》クリームもチーズクリームも、そこそこ売れそうね」

「なんたって、みんな期間限定《きかんげんてい》って言葉《ことば》に弱いからな」

光希《こうき》はそればっかりだ。

ぼくのお母さんも、「早く買いに行かなくちゃ」って言っていたから、期間限定《きかんげんてい》は、まほうの言葉《ことば》なのかもしれない。

ぼくたちが松丸堂《まつまるどう》のちゅうぼうをおとずれるのは、最後《さいご》になった。

◆

十一月に入って、フリースを着《き》る季節《きせつ》となった。たい焼《や》きの季節《きせつ》とも言える。

商店街《しょうてんがい》にともる松丸堂《まつまるどう》の灯《あか》りに吸《す》いよせられるように、足が向《む》かう。

「アユミさん、たい焼《や》きください」

「いらっしゃい。塾《じゅく》の帰り？　寒《さむ》くなってきたのに、よく勉強《べんきょう》する気になるね」

ぼくと光希《こうき》と涼《りょう》ちゃんは、顔を見合わせて笑《わら》った。

ほくほくのたい焼《や》き。あますぎないあんこはやっぱりおいしい。

ぼくたちの日常《にちじょう》も、塾《じゅく》もまだまだ続《つづ》く。

いつかアユミさんに、「めでたいっ！」って言ってもらえるように。

何となくだけど、やりたいことが見つかりそうだ。

たい焼《や》きをほおばりながら、将来《しょうらい》の自分をそうぞうするのは楽しい。

光希《こうき》と涼《りょう》ちゃんをそっと見る。

「拓都《たくと》、なに、にやにやしてんだよ」

「いいことでもあったか」

ふたりもなかなか手ごわそうだ。

でも、たい焼《や》き百匹《ぴき》は、ぼくが一番にもらう！

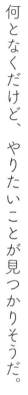

松丸堂

新井けいこ（あらい　けいこ）

作家。東京都に生まれる。日本児童文学者協会会員。主な作品に、『めっちゃ好きやねん』『リレー選手になりたい』（ともに文研出版）、『しりとりボクシング』（小峰書店）、『となりの正面』（講談社）、『空の手』（偕成社）など多数ある。

いちろう

１９９３年大分県に生まれる。『群像』くどうれいん連載エッセイ「日日是目分量」のイラストをはじめ、挿絵や装画、漫画など活躍の幅を広げる。挿絵の仕事に、「ＮＨＫラジオ　エンジョイ・シンプル・イングリッシュ」（ショートストーリーズ担当／ＮＨＫ出版）など。

●読書の時間・20

たい焼《や》き総《そう》選《せん》挙《きょ》

２０２４年９月初版　２０２５年９月第３刷

作　新井けいこ
絵　いちろう
発行者　岡本光晴
発行所　株式会社あかね書房
〒１０１－００６５
東京都千代田区西神田３－２－１
電話　０３－３２６３－０６４１（営業）
　　　０３－３２６３－０６４４（編集）
印刷　錦明印刷株式会社
製本　株式会社難波製本
ブックデザイン　山本祐衣
編集協力　平勢彩子

ISBN978-4-251-04490-7
NDC913 151p 21cm×16cm

https://www.akaneshobo.co.jp